叩问西东

人类社会道路初探

[美] 东桥 著

人民东方出版传媒
People's Oriental Publishing & Media
東方出版社
The Oriental Press

图书在版编目（CIP）数据

叩问西东：人类社会道路初探 /（美）东桥 著．— 北京：东方出版社，2020.7
ISBN 978-7-5207-1541-6

Ⅰ.①叩…　Ⅱ.①东…　Ⅲ.①随笔—作品集—美国—现代　Ⅳ.①I712.65

中国版本图书馆 CIP 数据核字（2020）第 093422 号

著作权合同登记号　图字：01-2020-2225号

叩问西东：人类社会道路初探
（KOUWEN XIDONG RENLEI SHEHUI DAOLU CHUTAN）

作　　者：［美］东　桥
责任编辑：虞子衿
出　　版：东方出版社
发　　行：人民东方出版传媒有限公司
地　　址：北京市朝阳区西坝河北里 51 号
邮　　编：100028
印　　刷：北京文昌阁彩色印刷有限责任公司
版　　次：2020 年 7 月第 1 版
印　　次：2020 年 7 月第 1 次印刷
开　　本：880 毫米 × 1230 毫米　1/32
印　　张：7.125
字　　数：150 千字
书　　号：ISBN 978-7-5207-1541-6
定　　价：39.00 元
发行电话：（010）85924663　85924644　85924641

目　录

前 言

从1522年麦哲伦打通全球海洋通路到1900年八国联军入侵中国，西欧共花了379年时间取得全球霸权：文化上的话语权以及经济上的定价权。这期间还发生了1868年的日本西化（明治维新），使得日本跻身列强。列强们以绝对优势的武力，完成了人类史上第一次真正意义的全球“大一统”。

1900年之后，全世界都沉浸在西欧的游戏规则里，各地人群只能努力“跟国际接轨”。从鸦片战争到八国联军侵华，中国挣扎了60年，挨打挨得服气了，才真正开始“现代化”的摸索。但列强各自有一套文化，而长期自闭的中国一时摸不清该跟哪一套接轨，不过，肯于摸索，本身就是一种进步。

从1900年到2015年的116年间，中国经历了推翻帝制、日本入侵、解放战争、社会主义“三大改造”、社会主义建设十年、“文化大革命”、社会主义建设新时期……居然在改革开放36年后，在西欧的游戏规则下翻身——虽然目前中国才只是以全球19%的人口分占全球15%的经济量，略低于全球的人均值，离“崛起”还有一段路——然而，表面上，中国似乎在以近40年时间完成200年的事。

西欧以帆船崛起海洋之前，美洲与亚、欧、非洲是隔绝的，人类那时还不知道地球是圆的，而伊斯兰世界与中国的船队早已联通亚、欧、非洲800年。如果西欧仅靠海洋机动的优势，绝对无法形成500年的全球霸业，顶多类似蒙古的马匹机动优势，可以只靠掠夺而撑个200来年荣景。海洋或地缘，只是表象，西欧主宰全球的关键，其实在于17世纪后半叶的牛顿揭示了数理结合的科学，这是人类的一大突破，从此改变了西方人的思维、认知、意识、生活习性。积淀百年之后，西欧社会逐渐完善了诸多硬软体的配套，引爆了技术的大增长，19世纪初叶的英国以蒸汽机开启了机械动力时代，引领人类步入工业革命。

重点是，西欧从科学发现到科技发明的实践经验自此迅速积累，从物理学到机械动力的应用，时距是百年；而从爱因斯坦提出“相对论”到核能的应用，时距不过五十年，但难度远超之前各门学科的应用。科技的高速积累，使得工业革命一浪推一浪地加高加速。动力革命的百年后，19世纪末叶的欧美社会已经用上电力、电信，而电力革命的60年后，20世纪中叶的硅谷已经开始电子革命了……人类社会驶入一条从未经历过的快车道，电灯到电影、电子到电脑、电信到网络、发现DNA到基因工程、自动化到“人工智能”……近乎一气呵成。尽管经历了几次“金融海啸”和两次“世界大战”，欧美社会的生活习性却已经随科技而大变，这中间最根本的改变就是科学的方法与知识的普及。

只要回顾西欧过去300年的历史，毫无疑问，18世纪起，科学与科技的发展就已经是人类的未来方向，但科学与科技都是人们想学就学得会的东西，西欧先学会，日本晚100年学会，现在几乎全世界都学会了。显然，西方所凭的并不单是科技。

这就得梳理一下人的现象。

大自然演化出人类，人群的基本功是一样的：集群生存 + 智人之智。群的本能驱使人们沟通协作、共鸣情感、交流趋同，是有演化功能的。智的本能驱使人们互相学习、模仿、积累经验，也是有演化功能的。人类的生化基因组，硬体结构是相同的，相互可以交配并传承DNA。人类的文化基因组，软体结构是相通的，人群都具有这些文化基因：饮食男女、语言文字、知识技艺、权利制度、社会组织、宗教信仰……这些文化基因也都能相互学习、复制成习性并在时空上人际传递。文化基因跟生化基因很类似，都有复制与交流的本能，人间因此才呈现出大千世界景象。包括家庭与学校的教育、社群的集会活动、媒体时尚与信息流通的趋同，一切的教化，都为了学会（复制）。生存演化出来的人性里，群与智是紧密相关的。

万年之前的人类历史并不可考，推测人类那时是以50人之内的小股群落在冰期的非、亚、欧各地狩猎为生的，石器与标枪是主要工具，也有了社群文化：沟通的语言，葬死、扶伤、恤老的伦理，绘画与雕刻的艺术，等等。人类万年前开始定居，5000年前隔绝在各地的人群已经出现成千上万人的农耕或游牧部落，他们陆续开发了许多大同小异的社会文化（文化基因组）并沿袭至今，权利制度是其中复制得最牢固的习性，有人群就有权利制度，东西南北都一样。

中国人群在一千多年前（宋代）达到农耕文明的极致，而西欧人群则在300多年前通悟了科学的智慧，并开启了科技文明。科学，迅速成为人类第一个完全相同的文化基因，全球都还在继续安装这个软件之中，但这毕竟是个崭新的习性，虽然很有用，对人群文化的影响还远不敌其他运转了数千年的习性，比如权利制度、信仰等等。

既然称为基因，生化或文化的基因，都是自然演化的结果，演化的游戏规则仅只是：存在与复制。要存在（生存），基因必须是自私的，要繁衍（复制），基因必须是利他的（爱子孙、爱群体）。私性与群性的本能，只是基因组“内部矛盾”的特征之一，当然还有其他矛盾。就生化基因组而言，人体是由万亿数量级的个别细胞组成的，生化基因组的DNA规范了人体内各个细胞的正常运作程式，激活各种机制来护卫人体，若机制失灵，无法辨别某些疯长的细胞是否正常，这“人民内部矛盾”就引发癌肿瘤。文化基因组也类似，人群社会的文化本身的不平衡，尤其是权利制度下引致的某些疯长，就是战争与革命的主因。人类的生理与文化很复杂，癌肿瘤与精神病都有基因自身的原因。

科学是人性里的理性的最大成就，科技也极其孔武有力，但对人性里的群性与私性交织出来的权利制度习性来说，科技可以是致癌因素，也可以是免疫因素，全看人群用科技来强化什么权利。20世纪上半叶的两次世界大战与中俄两大革命，反映资本金权疯长到失衡，殆无疑义。

这里，西方的科学习性慢慢发挥了作用。虽然一时还未能抑制资本金权的疯长，然而，科学求真还是使得人群社会提出生态、环保、节能、政治、经济、社会体制改革等的呼声，最终也许可以促成一个更合适的权利制度习性。不然，无论是大自然的反扑或人群的自我毁灭，人类都会演化出局，就像失衡引致癌肿瘤而终结一个人体那样。

人的习性、思维、意识、认知、意志、行动……是一连串循环反馈的，这样的人性本能，衍生出权利制度、信仰、科学、教化等文化软体。智人之智的最大功能就是开发“正向回馈”的文化，但现代科技已经不止把全人类一体化为地球人，也把生命世界一体化为地球生态了。

人群现有的文化习性都源于存在了数千年的文化基因，比如国家组织、政制的共和分治或中央管理、资本金权、信仰等等，根深蒂固。

科技，使得既成的文化习性的力道更加强固，比从前更容易疯长致癌。我们需要智慧到能够辨识社会文化内在的致癌因子，一起改善文化习性，激活出可以免疫的机制。

但一切存在过的文化习性其实也是人群生存的经验与智慧的表现，史上各地人群不断打破距离的隔绝，交流、混融。西欧通悟科学时，智慧的起点是积淀在伊斯兰文化与中国文化的平台上的。现代科技的加速演化，更是所有地球人的科学智慧的积累。现代科技改变世界的速度，业已远超人类的演化速度，失控的不是科技，而是以科技为工具的当下人类社会体制里疯长的权与利文化。

所有现存的人类族群，各自都有一套本事存续至今，中国也一样。

从1840年鸦片战争算起，中国的头60年用在了酝酿必须强国的决心，然后用了49年统一了民族意志，又用了30年去摸索前进的道路，才有40年来专注的打拼与当下的“复兴”“崛起”。在一清二穷三白的家底上，几代人的辛劳、聚沙成塔的毅力，中国现代化的路，实际上用的却是传统文化的智慧：坚忍勤俭。科学与文化，是可以学得到的，人多好办事嘛。但经济与技术的平台，却是需要蓄积的；而可以加速中国从农耕转型到科技文明的唯一门窍，只能是把现有农耕的功力“坚忍勤俭”发挥到极致，以积累经济与技术的家当。

“两弹一星”，就是这么上马的。中国崛起的势头，“两弹一星”那时就已形成，当时的国际反应比现在看到中国的繁荣时还更错愕。除了“两弹一星”，华人还该衷心感恩20世纪初叶的“五四”白话文运动，接地气的白话文成功转译了西欧文化，使西欧的科技与制度得以普及中国，蓄积了中国的现代化。

比较起来，日本走向现代化只用了41年，其中的头13年也用在了下定决心上。面对一样的外因，大国惯性大、转弯慢，小国可以快速反应，而且日本有过全盘唐化的经验。事实上，日本只用了 28 年，就把西欧最主要的科技与资本经济制度软件成功嵌入日本传统的唐文化里。中国却连科技或制度都没有吸收完整，反倒成为日本的“机遇”，在甲午战争中从中国掠夺到的第一桶金便是此后日本起家的本钱。

中国跟日本其实并没有可比性。日本唐化与西化，都一丝不苟、全力以赴。偏偏隋唐时期的中国社会，基本上是北魏鲜卑留传下来的草原武士与贵族的套路（所谓的“关陇世族”），阶级的规矩是很森严的；日本完整复制了过去，唐韵唐风与礼数规矩至今犹存。而近代西欧的崛起，海盗跟海军，兵匪是一家的，劫掠就是玩命式的豪赌，赌赢了再来装模作样学“文化”，黑道漂白个两三代就成了白道；日本也完整复制了过去，豪赌就以国家为赌注，只不过赌赢了甲午战争与日俄战争，赌输了第二次世界大战而已。日本的格局，开门见山、进门见床，坚定执着的智慧值得世人学习，但像古埃及与古西亚城邦那样神话皇室的套路就是食古不化了。明治举国现代化的聪明是有的，甲午战前装腔作势地告诉已经准备出门掠夺的下属“四海之内皆兄弟，今日缘何起风波”，不过是政治投机而已。裕仁是第二次世界大战的最大战犯，敢于下达投降的决断，聪明不下于明治，而投机如故，依然不直白“投降”，也不为亚洲各国民众身受的苦难而道歉。裕仁、明仁两代皇帝心知肚明，就是无以面对现实。跟霸道一生的汉武帝晚年的幡然悟改、下罪己诏、停止汉匈战争、与民休养生息，智慧的层次是不一样的。

家大地大人多的中国，“国家”跟“天下”在古代是同一个概念；中国一直就是中华世界的集成体（下面再述）、天底下的“世界”的中心之国。近代科学引入之前的华人认知是那样的，虽然唐宋时期中国海船早已通行在阿拉伯、印度、东南亚和中国泉州之间。人类的农耕文明在唐宋达到极致，虽千年后的明清也不过尔尔，中国这个“老大”习性不是平白就产生的。坏处显而易见，鸦片战争时面对英国的坚船利炮都还看不明白时代变了，硬是要撑到被八国联军列强来打，才“忽然”醒过来。这里的“忽然”跟前面讲的“忽然”异曲同工，都是人的思维、意识作的祟。好处是，中国文化没有行险侥幸的赌性；种庄稼的底子，守土重迁的日子比去掠夺或交易安稳得多；面对发财的诱惑，顺势而为远比“梭哈”一把更重要。而且，“中国”从来就是华文化世界的模糊定义，更多的是现代国家话语下的秦人、汉人、唐人、宋人、元人、明人、清人……都是中国，而又都明显有点不同。

人类是依赖了农耕 5000 年，才蓄积了“文明”，但农耕时代已经过去，科技时代才刚开始 300 年，在可预见的未来都仍将继续运转下去。

其实，回顾人类历史就很容易发现，人间纷纷扰扰，始终还就是人的问题，人的品性嘛，有本性，也有习性。人世从来不自由、不平等，也不安宁，西方有西方的经验，东方有东方的经验。中国经验里很多思路和办法是西方没有过的，比如“以大事小”“以小事大”的辩证，“己所不欲，勿施于人”的习性，和谐包容的层次，中国与西欧是不一样的。但，很多西欧经验，中国也没有过。必须承认长期生活方式与教化的结果，使西欧与东亚及其他各个局域的人群，早在开始有城邦国际的时候，文化习性就有点不同了。

然而，人性、人道、智慧、科学、艺术，都是人类自然演化的产物；而且，当下所有地球人群也都经历了狩猎、农耕、城邦、科技的历史。自然演化出来的人类，相互学习是最大的本能特征之一，人，是通的。中国文化与西欧文化远远不是人类仅有的文化多样性，“西欧”里头就包含着许多的多样性，“中国”里头也是如此，更不用说还有非洲、美洲、西亚、东南亚、南亚等各地人群的丰富文化。只不过，人群集成到一个数量级后，或许从氏族社会开始，居然都自然产生了造成人际冲突的权与利文化。虽然如此，两个第一次接触的人群倒未必一定会激起负能量的敌意，当第一批英国移民到达北美洲的第一个冬天，是当地的北美原住民部落给送的火鸡，人类历史上类似的正能量接触案例很多。人性确实不可思议，互相拥抱与互相打杀都是可能的品性。

未来，当然是未知的。今日的世界人群可以凭什么去做什么，天地足够宽阔，就让我们从人性、制度、科技的各个角度去探索一下吧。

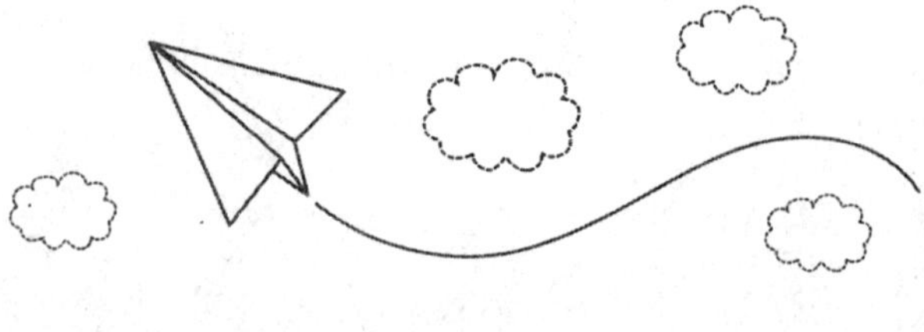

第一章　人间的条件

回忆起20世纪60年代上中学，有位赫赫王牌：教生物的杨义贤老师。他说话的闽南口音很重，但上课既严厉又幽默，曾经有过月考出题使我们那一年级千名同窗几乎通通不及格的纪录。

然而，我们都喜爱上他教的生物课，因为实在太有趣了。

记得有次解剖一只青蛙，主要就是看青蛙的神经系统怎么“死而不僵”；杨老师突然背离教科书，径自宣称：

“如果听到‘酸梅汤’三个字而不会咽点口水的话，你就不是人！”

顿时全班哄堂大笑。

杨老师也不止住我们那一班大小孩，两眼一瞪说：

“笑什么？中国人嘛，喝过酸梅汤吧，听到‘酸梅汤’而不分泌口水的话，就不是个正常的‘人’了……”

我依然清晰地记得他的话，还有杨义贤老师或许想教给我们的智慧：人，是个人群的现象呢。

也就在几年前，记得一位英国学者曾经非常简单地模拟过人类社会，只用了“侵略”与“和平”两个因子，结果发现完全侵略性或和平性的社会均无法存在。因为人是会学习的动物，“纯粹”的社会里来了个“异类”，比如，侵略性社会掺入一个和平者，其他人会互斗而亡，和平者不参与斗争而幸存，很快影响还幸存的侵略者转化成和平者。反过来，和平性社会掺入一个侵略者，陆续消灭周遭的和平者，很快影响还幸存的和平者转化成侵略者……

电脑模拟出的可以存在的人类社会，结果是“好人”与“坏人”和平共存的某种平衡状态。模拟虽然过于简单，但说明了人的现象与趋势。人性有趋同的本能，则族群认同无可避免，这本能当然有演化生存的功能，然而正能量与负能量是并存的，中国的儒道两家也早就阐述了相容、相杀、相生、相克的人性。

所以，“人”其实是个相当无奈的现象。

血缘生化基因，决定了一个人的硬体起点：生理、健康、寿命等。

社群文化基因，又决定了一个人的软体起点：习性、意识、思维等。

被生育、哺养、教化成这个样子的我们，既不能选择生身的父母，也不能选择成长的环境。生化基因只是如实地复制了前代人的生存印记，文化基因也一样如实地复制了前代人的社会习性。时间上，环境会变迁（尤其是社会环境），一连串的前代人会开发适合生存的方式、留下硬软基因的变异，透过生殖与教化，先祖们的硬软体便传承下来。一切生命现象莫不大致如此。

事实上，一切生物的生化基因通通都只用4种碱基分子G、C、A、T为材质，碱基分子也只用了碳、氢、氧、氮、磷等元素。由于物理化学规律，G跟C、A跟T可以形成天然的配对扣合，所以在碱基分子组成的DNA链条上，比如，GCAT这样的片段，会自然紧扣CGTA那样的片段，这种天然的“选择性”使得拉链似的两条DNA链条可以构建出精准复制的基因。而DNA上的碱基分子序列，就成为生命物资的生产模板，以产出生物生存所需的各种特殊蛋白质，当然也只用到地球上可以摄取到的元素。同样的材质与同样的构建方式，基因使得一切地球生命都是同源的，而DNA链条上的碱基分子的数目与排列组合可以变化多端，从而演化出多样的微生物与动植物种。以生化基因为载体的生命现象，基因的存在与复制（生存与繁衍）业已在地球上演化了37亿年，迭经许多大环境事件，不少存在过的基因灭绝了，但从总的结果看，基因生生不息，至今遍布地表。

可以说，生命的多样性，以及遍布全球各地的生命世界，就是生命现象得以在地球存续的解。当然，对于整个生命世界，几个物种或族群也仅是其中的一小部分，它们的生存或灭绝，无关整体生命现象，正如《道德经》说的“天地不仁，以万物为刍狗”那样。然而，基因与生命毕竟是存续了下来。

今天的我们已然知道，人类的基因组有30亿个碱基分子（组成大约 2 万个基因），其中比较活跃的只有约 1.5%（对应于各种人体所需的蛋白质的合成工序，以组合出人体生理机制）。而当下地球存在着的细菌基因组，大约是 300 万个碱基分子的数量级。跟我们共生在这个地球上的生命很多，微生物种群与动植物种群各有不同的生存与繁衍策略，而人类的生存策略，明显地叫作“人工智能”。我们会用“策略”这样的字眼，本身就是个“智能”话语。基因嘛，只认存在与复制，能够存在与复制的，都是好样的基因。任何时候共生在这地球环境上的动植物与微生物，无不是那个时空里的成功的生命。这就是“演化”的本质，无所谓进退。

人类，从跟猿类分支算起，不过才 300 多万年历史。在人与猿共祖的更早年代，4000 万年来，集群与学习就已经是灵长类的基因本能，这些本能在人类对东非环境的适应中激荡出智力，使得人类开发出工具并学会了用火。人类生存经验的传递与扩散，穿越时空与部族，人脑不断地积累智能，最终开发出可以相互沟通的语言、文字、音乐、艺术、科技。通与悟以及知识、智能与想象的积累，都是典型的“人的现象”。智人之智，一直就是人脑联网、积累的结果，今天的人脑联网近乎瞬间涵盖全球人类，古人苦于没有足够的知识以供学习，现代人则苦于资讯爆炸，信息泛滥、真假难辨。通的便捷未必增加悟的能力，因为沟通的必要条件是起码的信任或至少没有敌意，而这却是人际情感作用。智人之智，智慧，是充满情性的。

现代地球人都是同一个仅存的人种，就那么同一件真本事：

相同的生化基因组给所有人脑都装备了集群与学习的本能，这些基本功又使得各地人群发展出各自合适的文化基因，而所有文化的存在都为了人际的沟通与悟知，以便人们学会、积累、开发生存的智慧：一是看明白时空上的别人摔过的跤，自己不要再摔，最好别人也别再摔；二是学会时空上的别人的功夫，最好还创出自己的路……别人，是自己能够透过任何形式的信息而联结到的其他人（时间上的前人、空间上的他人），通通都是同个祖先的后代，也通通都具备能够学得会的智慧。

现代人也已知，跟我们人类血缘最亲的物种是东非刚果河东岸的侏儒黑猩猩，DNA 相似度约达 98.5%；而第二亲的就是河对岸的黑猩猩，DNA 相似度约为 98.1%，人类祖先肯定在数百万年前跟这两支灵长类动物共祖过，然后才分支的。好玩的是，由雄性首领统治的黑猩猩族群很好斗、侵略性很强，而由雌性首领统治的侏儒黑猩猩族群却相当温和、做爱而不作战。这样回顾我们人类的大历史，不禁莞尔：

第一，狩猎直到农耕之初，人类长期是母系社会，女首领当家的群落绝不在少数，这从早期的众多萨满与女巫就可推断。中国人的象形文字很传神，商周记载氏族的姓，姬、姜、姒……偏旁都是女，“姓”就是“女人生”的，更不用说全球文明早期的神祇还大多是女神了。

第二，人类农耕、游牧之后，母系社会被雄性夺了权，在雄主们的统治下，就有了部落与国家、帝国与霸权，“文明”的万年以来，各地人类历史（包括考古）显示，技术、艺文与生活方式的发展不用多说（从石器开始，现代已到信息网络的份上了），最鲜明的共同记忆恐怕就是人际的战争了。

科学与大数据使得现代人类比任何时候都可以更接近于认知真相。尽管人群对自己的过去记录得难免主观，但客观上人类族群并未留下很多记录，包括伊朗、希腊、罗马、印度等地的史料残缺不全，中国人好歹算是留下了一部3000年的“通史”。所幸，近代的考古与考据把各地人群的历史碎片填充了许多，现代人可以拼凑出人类历史比较真实的轮廓，以及人性。

当下看得到的资料显示，动态演化的人性，最可能是这样的历程：

（1）直立人先祖用石器狩猎了300万年，大约100万年前学会了用火。由于化石遗骸不多，还不能确定我们这支智人跟出土的直立人之间的血缘关系，只能从“直立”这个主要性状来判定是同一祖先的分支。直立人先祖很早就走出非洲，200万年之前已经扩散到亚欧大陆。“人”跟猩猿同源，当然以碳水化合物等素食为主，但肉荤已逐渐占到相当比例（以满足大脑扩充的需要）。人吃人，这时大抵算是自然的。

（2）尼安德特人大约在50万年前迁徙出非洲，尼人其实也已经是“智人”，后来开发了绘画与雕刻的艺术创作，并且葬死、扶伤。东非随后出现我们这支智人的先祖，大约7万年前，智人先祖也陆续扩散出非洲，并跟当地的尼人杂交，以至于非洲以外的现代人类或多或少混有尼人种系的血缘，不多，但增强了人类对当地微生物种的抵抗力，因为能存活到跟智人接口的尼人系，是已经留存下来的基因。

（3）人类演化出智人，当然是祖先对东非大裂谷的地理，以及对过去 300 万年地球冰期气候的一种适应。现在大致知道了那个时空阶段的古地质与古气候，过去 7 万年内，祖先们经历了几次间冰期，我们这支智人逐渐成为唯一存续下来的人类物种。目前的地球大气候仍处于大约 1.5 万年前开始的间冰期，暖化的大环境使得动植物大量增殖，狩猎资源丰富，人口增长、社群变大、组织变得更复杂。1 万年前，水源附近的人群开始了定居农耕，而草原上的人群也开始了游牧。最晚在 6000 年前，人群的生活已经形成两大类别：江湖边的定居农耕和逐水草而居的游牧。

（4）农耕与游牧产出的富余都可以支撑人口的增殖，扩大的社群、更密集的沟通协调、更多的人脑互通互激、更频繁的创新经验、更专业的分工……组织与计划的必要远超狩猎团伙。而分配与分工的必要刺激对未来的想象与野心，人类就这样步入高度集群的“文明”。人群在 5000 年前开发农耕或游牧文明的节骨眼阶段，氏族或部落都已自然形成，无非游牧生活对环境条件更为依赖。最终，农耕能够养活的人口数量级使得农业文明成为此后的主流，文字的发明更加速了文明的积累与发展，其中，组织上的权利制度既是人类集群本能的发挥，也是猿猴首领管治的本能的延续。城池与庙堂的形制与建设，更具象化了“国家机器”（游牧部落的国家也有“王庭”，虽然不是固定的位置），但骨子里是权利制度主导着人性与人类历史的演化，国家或部落不过是那个人群社会的表征与名称。

总之，人类的文明原点，生存技术上是集群定居的农耕底子（游牧民也得吃谷粮等碳水化合物），社群组织上则是一套权利制度（管治分配与分工）。人性随着生活方式与群体体量而演变，人多而有文字的农业族群比人少而没文字的游牧族群更具话语权，如此而已。

凭什么为“人”

长达300万年的狩猎时段，人的现象跟石器、语言、用火、葬死、扶伤、画画、雕刻等的出现时序相关。这些标志反映了人的文明与文化，是随着生活群体的扩大、沟通协调与互相学习的必要而逐渐开发成形的。在存续与群性的基因本能作用下，智人脑袋的扩容及其最大功能，实际是用来固筑人际的交流，群体才可蓄积生存经验的创新与传递。这段漫长的过程，演化出现代人类的生化与文化基因，也定义了人性的演变。

然后，从5000年前开始，人类变得跟农耕的生产技术、权利制度下集群社会的管治组织、陶瓷与金属器具、文字、音乐、宗教、知识、建筑等“文化”事项的时序相关。农业文明发展初期，由于人口数量级还不大，各地人群都经历过一个聚集为城邦世界（或部落）的景象，最终，农耕的生产方式与权利制度的组织方式蓄积出国家与国际关系。而亚欧大陆的人类历史充分显示：游牧一直就是农耕文明的搅拌器，交易或掠夺

（和平或战争）的手段被马匹机动放大，一直鼓捣并维系着各地人群之间血缘与文化的交流与融合。

近代300年以来，西欧的科学与工业文明成为主流，真正一统了全球人群的社会软体，文化跟科学、技术的开发时序紧密关联了。先是船只机动超越了马匹机动，现代的航天机动又超越了航海机动，空间与时间的距离不再拘束着人群的交流，前此5000年的农耕与游牧的生活习性都渐次被“工业化”取代。近代高速腾飞的科技使得农耕和游牧的习性勉强遗存，但政经权利制度的力道却也更加发扬。

“人”，始终跟着人群的数量、跟着众多人脑激荡开发出来的生存技术与社会习性而演变。共同的生化基因组、相通的文化基因组刻画出相当雷同的人群发展史，比如，各地的早期文明都有人殉那回事，都有交易，都有舟船或畜力（牛、马、骆驼等）的机动方式，都有工具、武器、音乐、绘画、艺术的开发，也都有知识与艺文、与宗教信仰的相互渗透和交流……更都有由小变大的社群组织：氏族、部落、城邦、国家，以及一套管治社会的权利制度：知权（早期被神权垄断）、政权（长期被王权垄断）、金权（资财私有并世袭）、治权（至今被官僚体系垄断）。权利化、世袭化，其实就是私有化。

“人性”的表现，更直接地来自文化习性，深受人群社会环境的影响，既有血腥残暴的斗争面，又有慈爱温暖的和平面；既有群性，又有个性，交相激荡出多样性。

地理与气候分化下的各地人群，传承至今的文化习性有几大类型：

西亚文化　地中海南边的西亚部分，包括今天的土耳其、叙利亚、伊拉克、伊朗等地，近万年前就已经出现人类的定居点（安纳托利亚的安卡拉高原上），从狩猎向农耕过渡（农耕是包含畜牧的，以补充蛋白质的来源），并聚集出城邦的文化，而从黑海往东到兴安岭的广大草原空间上就逐渐聚集出游牧部落的文化。西亚两河流域的干旱特点与灌溉系统决定了其主粮为麦类；城邦周遭满布游牧部落，国家形制难得超越城邦与部落联盟的性质。更由于城邦及部落的小国寡民，交易是必需的生存手段，机动力也成为必需（马匹或风帆），人性使得交易队伍同时也是掠夺队伍，打得过的时候抢东西，打不过的时候换东西。文明早期的地广人稀也使得生活充满风险，连带宗教信仰的慰藉成为坚固的文化基因。交易的需要，则使得西亚很早就开发了拼音符号，拼音文字又区别开了各自习性的传承、扩大了部族之间的差异，使得西亚世界从来就是诸部城邦与部落的“共和”联盟体：异中求同。

东亚文化　文明早期的人类发展，同时期的东亚跟西亚没有太大的本质差异，都是同个祖宗遗传下来的脑袋瓜和生存的办法。西亚经验过的文化元素，包括拼音文字在内，通通也都见于早期的中国文化，并且也都见于早期的美洲文化。可以说，农耕技术实际源于共同的人性，无非东亚的温带气候比较潮湿，植被相对比较茂盛，生存相对比较容易，对应的文化、生存的方式不一样，如此而已。中国大地出土了近万年前的人类聚居点好几个（长江水系之滨），当然衍生出众多农耕的部落和城邦。长江与黄河的水源丰沛，长江流域以大米为主粮、黄河流域以小米为主粮，一年两获以上的农耕产出使得人力成为东亚人的发展重点，中国人强调“人的因素”远过于对机动、交易、掠夺的考量。更由于“天道酬勤”“愚公移山”的实践，中国人相信点点滴滴的人力积累能够改造局部环境，在“天人合一”的思维里头其实蕴藏着“人定胜天”的“操之在我”意识。这样以人为本的经验，使得神权很早就被权利制度还原为知权，教化出中国人独特的笼统信仰：道家的泛自然与儒家的泛理性思想，从而包容一切宗教。夏商周的象形文字作为沟通载体，使得语言沟通的差异消弭在共同的文符表达之中，共同的农耕生产加上共同的文字沟通无疑强化了中国人群的文化相似性，易于统一，就此成为中国世界的特色：大同小异。

美洲文化　1.3 万年前狩猎扩散到美洲的通古斯原住民，连“萨满”这词的音义与习俗都还跟近代的亚欧草原部族一样，隔绝出亚洲大陆后，从未见识过农耕或游牧（那时都还没有），但他们照样在 5000 年前的时段里开发出农耕与游牧！这说明人性是相通的，或者更早的祖先便已留下许多人工智能的文化基因，使得隔绝的美洲人祖先的发展模式雷同于亚欧。当然，美洲的地理与气候很不相同，奥尔梅克、玛雅、印加的农耕是坡地种植，芋薯与玉米为主粮。由于美洲人口的起始基数远不及亚欧，他们还来不及夯实一个坚固的美洲文化便已经被近代欧洲文化所取代。不过，美洲人独特的农耕经验对人类的贡献依然难以磨灭：生态化的坡地耕种技术及其开发的食材，块茎薯类、玉米、可可、辣椒、番茄、花生、向日葵等，丰富并滋养着近代的全球人类。

西欧文化 东西亚文化引领下的亚欧各地人群农耕或游牧生活了5000年，在一统或共和的教化下生存、发展、增殖人口，直到14世纪蒙古汗国的马匹与驿站首度连通了整个亚欧大陆（当时的"全球化"，那时不知道有美洲）。而16世纪西欧的帆船更连通了全球海洋，加速流通的不只是商贸产品，还包括各地人群的知识、技术、文化、血缘。英国随后在17世纪中叶积累出科学，并在18世纪中叶开启了围绕蒸汽机技术的工商业革命，技术从此高速积累。19世纪，西欧社会的经济金权开始超越政治王权，政经权力合流，官商不分，权利制度大变。而挟科技的效率，管治与组织的权力更加无孔不入，欧洲兴起"现代国家"（民族国家 Nation State），在统一的学校与社会法规的教化下，强迫同化领地之内全部人群的认同、意识、思维、习性，齐一化语文、历史、宗教、国家等文化话语，高效量产出标准国民，并且还最大限度地合理化了人性的贪欲。毫不夸张地说，如果300万年前的石器、100万年前的用火、1万年前的农耕算是人类的量子飞跃，那么300多年前的科学就更是一次量子大飞跃：19、20世纪的200年内，科技从机械、化工、电磁、核能、电子、电脑、基因工程，发展到了信息网络，造福了全球人类生活。相应地，文化也实现了大飞跃：从知识、艺文、管治组织的全面政治化并权利化，发展到了资本金权的全球化，急功近利的意识渗入现代人类社会每个角落，可以没有价值，不能没有价格……

这些文化，既然跟生化类比，都用“基因”这词，复制是当然的本能，并且具备生存的功能。人类生存的地表环境是以十万、百万年的数量级慢慢变迁的，而在任何时段里，各地的地理与气候也千差万别，生存于其间的各个人群却都只有同一组生化基因硬体，支撑着各地的人脑去开发文化基因软体（集群生存的智慧），透过沟通与教化，复制到各个人脑（包括后代）。人类之所以遍天下，就因为人类的生化基因让人群本能地依赖智力去开发文化习性来适应各自的大环境。不过，适应这件事，人脑对付的最终不只地理与气候（这反而是相对比较稳定的），还有人群社会环境自身的变化。农耕文明之后，人口增长迅速，人际的社会环境变化相当快，文化基因只好进入相对快速演化的轨道，不然也不会在5000年内衍生出这么多的文化与部族。孔子说“性相近也，习相远也”，就是因为不同的文化习性。然而，资本金权却也真正做到了政权从未做到的“大一统”：现代全球人类社会通通向钱看齐的习性。

这样来查看我们这支仅存的人类：50万年以来，生化基因组已经稳固，而5000年以来的文化基因组里头最牢固的共通习性是权利制度，不管是哪个地域的人群，都有国家机器的影子，也都有一套组织体制，由神权或知权、政权或王权、官权或治权、金权构成，以维护集体的秩序、利益分配的秩序，类似狮群或鬣狗群的成群猎食、进食的规矩那样，可以说是生化基因天然促成的，但具体规则当然是人群各自开发并制度化的。农耕文明以来的人类权利序列主要是政权（王权）、官权（治权）、金权。当下科技时代，变成金权、政权、治权。

人类社会需要组织与秩序，就会有管理与统治的体制，就免不了权利制度。金权、政权、治权之为权利的上层，当然反映基因的私性本能，而权利的定义本来就是上层操控下层的，因此，公利与私利的制衡，或许就是社会演化的最佳指标。当然“制衡”是个费思量的词，现代的说法是下层需有能够合理限制上层的公权力，而“合理”又要费思量，这就是文化习性的功力所在，因为智人之智，包括语言、文字、审美、制度，通通都是群体内“约定成俗”的。人工的智能既然可以开发一套权利制度并使之复制、延续，当然也可以更改使之更“合理”。这个理，其实是群体的理。理性的原点，其实是集群的情性的反映。

人类作为猩猩转型成功的智慧型掠食动物，当然也要开发其他配套的习性，比如机动（要狩猎）；掠夺（生存是有机会主义倾向的）；交易，这是人工智能了（专业分工有利于集群生存，但需要交换有无）；信仰与宗教，更是人工智能（智人之智，好奇好问，需要答案，但解答并非唾手可得，就需要信仰与宗教来弥补知识的不足）。这里，习性的形成当然有针对性，江湖河海边的机动必定是舟楫，森林沼泽的机动必定不靠马（那里没马），城邦和草原游牧都喜欢交易（带来的不只是生活用品，也带来远方的信息）……

事实上，人类演化到近代，终于才有一个完全共同的文化基因：科学。这个簇新的文化习性，开发不过300年，西欧安装得比较彻底，各地人群正在陆续安装之中，但牢固的程度越来越超越人类安装过的一切文化基因。原因很简单，科学这个文化基因是比较精准复制的，一经安装就大家完全一样，尤其是你的数、理、化跟我的数、理、化不只相通而且相同。而艺文、制度、信仰等软体，虽然人脑都学得会，但经常会因人而异、因地而异，主要是因权利阶层的引导而异。

科学的方法与习性，是近代欧洲的伟大成就，用数学与物理把人类对万事万物的认知加以模式化，透过数学以及可以重复的实验，来检查并了解万事万物的真相。数学、物理，当然是一种人工智能，也只有人脑可以达到用数之学来表述物之理的层次，数理的思维与逻辑，是人类开发的最严谨与一致的文化习性。科学开发以来，人类在数、理、化、生、工程、技术等知性上的沟通交流几乎没有误差。

但对音乐、绘画、艺文等涉及情性的沟通交流，或者政、经、社等涉及权利分配的设计执行，虽也已用到科学方法，但还难以精准传达那些氛围或情境，这里的重点是要能够引起众人的共鸣。人性的集群本能使得人群开发情性与知性的文化，以合理解决私性与群性的矛盾，无非就是避免太多内争、维持群体的存在。虽然并未完全解放知权，但科学或许已经是人类知性文化的极致，科技更是唯一可以使得未来社会完全自由流通信息、使知权不受制于权利（金、政、治）的操弄，那时人们的共鸣一定会是更真切的情性。

现在全球的所有人群都已普及科学教育，各自也有相应的科技发展，这正是科学成为地球人唯一完全相同的文化基因的实证。但 17、18 世纪的西欧开发科学时，包括牛顿以及此前西亚的穆斯林学者在内，他们的主观愿望却是去找到并彰显神的规律！这里，人的因素又发挥了不可思议的作用，人性虽然是文化复制下的产物，却显然不是人类规划与设计的智能可以主观掌握的，人的现象是活生生的，人群是相互动态交织演化的，众多人脑的积累使得量变引起质变。未来可以想象、可以推测，但不可人为设计，至少现在还不行。

最晚到 19 世纪初，掌握科学知识的西欧已经大幅超越了世界其他人群的文明，开始了蒸汽机为代表的工业革命，解放了社会对人力与畜力的依赖。但权利制度下的科技发展，一用于量产商品，二用于制造武器，以维护金权与政权的利益。权利制度的本质，使得人群一路走过氏族、部落、国家、王国、帝国、“现代国家”，虽然有各种政制，目的却都是对内的齐一化与对外的斗争。人人都有本能的贪欲，有人赚就一定有人赔，天下没有白吃的午餐，经济学如是说。所以，人类历史上会有近代西方的殖民掠夺，并不是什么新鲜事物。人们还不习惯接受所有事实，或许因为新安装的科学习性还没完全到位，或许因为人类还活在 5000 年来的旧习性里，科学求真显然还未成为最主要的习性。

真实的人性是多面的，随着社会的体制与文化范围而变化，诚信度就是更活生生的现实例子。这里故意拿侵略性格说事，因为知性的科学一直是权利制度下的工具。然而，交易与掠夺本来就是一体的两面；国家机器也本来就是战争机器；西方极不包容的宗教信仰更早已脱离原本草原部落的模式；而一味合理化人性贪欲的商务与经济，则到了纯粹利润挂帅、人被物化为经济资源的地步……

难怪许多有情怀的世人会质疑科学或科技对人类的“祸害”，实际上，一切科技的开发，核能、半导体、太阳能、基因工程、信息网络等等，无不有其适用之处，但也都被权利制度下的“市场”“过度炒作”成一波接一波的金融泡沫。医药或许是其中的典型范例，从前的中医和中药，救死扶伤是主要目的，所以强调医德，而现代一些药厂则花大钱找“专业媒体”设计、打广告，贩卖疾病话语（比如把自然的老化说成是疾病），勾结一些医院与医生，搞大数据“量身定制（你的疾病）”……数千年来，中国人的生命观，生老病死向来相当顺其自然，而现在利用人们畏死惧病的心理来赚钱，金权搞成这德行，有意义吗？祖先们没有现代医疗，不也活过来了吗？

公正地说，权利制度早已是人类根深蒂固的文化基因，科学和技术的发展成果首先都会被权利阶层占据。1000 多年前的宋王朝早开始了类似现代资本金权的社会实践，经济化了工商业、物流、货币、金融、国际贸易，宋代中国科技引领当时已通的全球（亚欧非而已），但跟草原霸主购买“和平”。即便是 600 年前的郑和舰队，以绝对的海权威势下西洋，也没掠夺过哪个国家或地方。“一统”的中国文化并不那么统，“共和”的西欧文化也并不那么和，东西方的文化基因还确实有点不同，至少可考的中国经验里，3000年来从未有过歇斯底里的宗教战争。

不过，科学既然已经是现代人的共同文化了，就科学地检查、比较一下东西方文化及其积淀的过程，看看人类从这样的过去，能有怎样的未来，这至少是当下业已全球化而又有共同的科学文化基因的人类该做的事吧。

从前没有大规模的商业炒作与“消费经济”，生活方便度虽然不如现代，但顺着狩猎时代已经自然演化出来的生化硬体，多点劳动、少点污染、没那么多病痛（不知的或是还没被医疗产业忽悠的），幸福指数大概也不低吧。可是，人性自然地“好逸恶劳”而且“由俭入奢易，由奢入俭难”，现代人类又该怎么体现智人之智呢？人类该从过去的经验学会些什么教训呢？生化基因修改不了，文化基因倒是还比较容易矫正。现代人确实应该细细回顾中国的经验与数据，那至少是人群记录得相对比较丰富的数据库，当然也必须参考其他人群留下的经验与数据。智人之智，多多益善。

“人”是被教化出来的，而教化则是集群生存的结果。通过教化的复制而存续的文化基因，权利制度、宗教与政治信仰、共和或一统、各种语文与生活习惯等都是被复制而延续下来的一种思维、一种意识、一种态度，一种通过“人工智能”再产出的习性。小到时尚，从前中国的女人裹小脚、现代美国的好莱坞牛仔流行成习惯就成为文化，可以因袭百年；大到人际冲突与战争、艺文与技术的想象与创造，可以因袭千年，都跟文化相关。

成为什么样的“人”，凭的都是文化习性，文化也只是人群习性的总和、教化的软体模具。个人与社群都存在变通的因子，那也是文化的功力。

目前，地球人可资凭借的“人工智能”库存，除了科学就是众多人群体验过的不同的文化与智慧了。积累过去的经验与智慧，除了可以避免无谓的重复劳动之外，也会刺激人脑的想象力与创造力。未来，原本就是人类一代代宝贵的想象力与创造力的积累。

文化基因与生化基因

地球上，无处不存在以基因为载体的生命现象，就连环境严酷的南极洲，也存在着依赖微量的氢气与一氧化碳为生的细菌，可以说，整个地球表面生机盎然，全球各地遍布着形形色色的微生物以及动植物，生命力非常强韧，而现代人类是这样归类自己的属性的：

生物 > 动物界 > 脊椎动物门 > 哺乳纲 > 灵长目 > 人属 > 智人种

这些标签，确实标示出演化上的人类特点：我们是长着脊椎的机动生物，给幼儿哺乳，有个灵光的脑袋，直立行走，具备智能。

能够认知到把生物分成微生物、植物、动物三大类，并再各自细分为界、门、纲、目、属、种，其中的智慧不言而喻。就地球生命而言，智慧就是人工的智能，只有人类具备这种能力。

上一节是先从软体切入凭什么为“人”的课题，这一节要换个角度，从硬体切入。因为现代人已确知，基因是DNA串成的，并且，基因的演化只有游戏规则：存在与复制。这样的物理机制下构筑的物质基础，能是文化与智慧的稳固平台吗？

由G、C、A、T四种碱基分子组成的DNA，可以很容易地串成链，这只是地表环境里一个质能稳定的化学分子团伙。物理化学属性使得两条DNA链摆在一起的时候，G与C、A与T能够配对扣合，如果一条DNA是GGCA或TTGC，那么，能跟它扣合的另个DNA链，也就只能是一条CCGT或AACG。这样，双链条DNA构建的基因就像拉链那样，拉开的链条就是相互精准复制的模版，而DNA上的碱基分子序列实际是对应生物体的蛋白质的合成工序，以生产生理机制所需的氨基酸，生物的性状便如此这般被基因编码决定了。虽然存在无限多个基因编码的可能性，但一切生物的体质却只用了20种氨基酸。全部地球的生命世界，就围绕着4个碱基分子（还有两个中介型的碱基分子参与）与20种氨基酸进行“自组装”合成！

灭绝的或现存的，地球上的一切生命物种，通通是37亿年前某些G、C、A、T编串成的DNA基因的后裔，生命的根基不仅同质，而且同源！微生物与动植物之间的微观差异，仅只是这些碱基分子的数目（百万数量级的微生物到十亿数量级的动物）及其排列组合（生物多样性）。

硬体上，从基因到“本能”，实际是一连串精准固化了的生理编程，比如，饿了欲吃、困了欲睡，这是最基本的欲望或本能。就生物是个化学物质组成的系统而言，维持系统的存在，无论存在或复制，物理上都需要给它提供能量（天下没有白吃的午餐）。拿个最小的单细胞微生物为例，它的生理简单到只够让它能感测到周遭环境的“养分”浓度与环境温度，环境的养分对，它就本能地摄食、生存，环境的温度对，它就进行细胞分裂、繁衍。谱写在基因里的编程会确保它的体质对养分与温度的敏感度，吃饭与困觉的启动开关直接就是体质的本能反应。但“合宜的环境”并不多，如果要生存在不同的环境，它可以跟其他微生物共生，则数量与概率的试炼就会使得它们的基因链条可能融合为一，基因的存在与复制变成共同的，加长的基因链条就成为一个多细胞生物……这样的演化直到各类动植物种出现，以更复杂的本能与生理来应对海洋与陆地的各种环境的变易。

到了人类的例子，连饥饿与食欲的本能也被系统化了。人体是万亿个都带着人类基因的共生细胞所组成的庞大社会，各自有生老病死的规律，有些跟“人”同寿（心细胞、脑细胞等），有些只有几天（白血球、血小板、肠黏膜细胞等）、大量新陈代谢，而我们大概永远搞不清楚人类基因30亿个碱基分子里头，哪些DNA片段来自人体内的哪种细胞的基因原型。这个庞大的细胞社会的共同目的，当然是维持“人命”，因为基因的存在与复制已经是共同的。简单地说，人类的基因已经编程好了运转人体内各种细胞以生产消化食材的酶（蛋白质与氨基酸的组合）与胃酸，要激活饥饿的感觉，只需分泌胃酸刺激另个也已编程好的受体系统（从胃壁到脑神经），释出反应信号（肚子咕咕叫、冒口水）。我们会吃素食（淀粉或糖分之类的碳水化合物），这是从更早的猿猴祖宗那里遗传下来的基因编码；我们也会吃荤食（肉、蛋），因为人体自组装的氨基酸里，有8种严重不足（尤其是脑神经系统所需的赖氨酸），但人类已经演化成高度依赖智力为生，必须维持大脑的运作与扩容，基因只好开发出消化荤食的编程，使得人类也本能地成为掠食动物。而素食与荤食的本能所表现的性格是不同的，协调这些矛盾就需要后天的文化与习性来解决了。

生命硬软体之间的交互刺激与发展是辩证的，生化与文化基因之间也一样，它们互为因果且环境变数繁多，厘清孰先孰后不可能也不重要。这其实是演化的特征，演化是不分硬体软体的：

（1）游戏规则：基因只是存在与复制，平行的本能与文化也一样；

（2）没有方向：适者生存只对环境而言，天择嘛，无所谓进、退；

（3）用进废退：在种群的数量与概率中自然淘汰出适合生存的功能。

人的现象，群与智的本能都堪称极致发挥，但仍然是自然演化的表现。

现代人也合成出其他可以进行自我复制的配对分子材料，换言之，碳氢氧氮磷合成的碱基分子，并不是基因材质的唯一选项。但地球却在碱基分子的基因上演化出生命世界，这或许是个偶然事件。更大的可能是，地球的物理与化学组成决定了生命如此发生、我们如此生存，因为地球生命的物质基础，氨基酸或碱基分子主要成分是碳氢氧氮，通通都是地球环境的丰量元素，就连血液需要的铁元素也是地球最不缺的金属元素。这有利于演化的发生。

在智人基因组长长的30亿个碱基分子序列上，血缘最接近我们的灵长目亲戚是侏儒黑猩猩与黑猩猩，基因相似度高达98%以上。而智人身上带有尼人系基因的事实，或许证明他们跟我们同种，不过我们还不知道智人是否可以跟同属的直立人杂交，因为没有萃取到直立人遗骸里的DNA，无法进行对比。现代人对同属的动物，虎、狮、豹之间，或马、驴之间，做过杂交实验，对基因混血的界限并不完全陌生。如果尼人只是跟智人同属的物种，那会是件很好玩的事，蒙古野马跟其他马的关系：染色体的数目就不一样，依然可以杂交混血，但生出小马驹的染色体数目被其他马同化。目前的基因学还不能完全解释这些现象，存在过渡的灰色区域似乎也是自然的。

这样，材质上要成为“人”的条件，好像还蛮宽的。人类基因组已经完成测序，也知道人群哪些基因片段来自尼人的贡献，上限不超过 5%，少的只有 0.2% 左右。但这些显然不是最根本的人间的条件，人属到人种之间的生化差异，肯定不会大于人跟侏儒黑猩猩的差异吧。对比于现代智人的活跃基因只占 1.5% 左右，人际基因差异，似乎不会成为“人”的关卡。

从基因的层面，或许说不清楚，只好倒叙一下，从我们会认为尼人也是智人说起：就因为尼人跟智人一样，没事也会去画画、雕刻饰物。现代欧洲人有信神的习性，一看到尼人在山洞里的动物壁画，马上联想：“大概是拜神用的吧？”可为什么不是联想尼人用画画做社群交流呢？考古人类学者认为尼人的语言能力不如我们智人，而他们脑袋瓜还比我们大个 20%，硬体不错，一定能开发出有效的彼此沟通的办法，如果靠喉咙发音的语言表达受限，那靠视觉辨识的图像表达不是更好的自然选择吗？尼人画画似乎比同时期我们的智人祖先画得更好呢。

重点不在于这样推测对不对，反正证据不足，大家都是推测，现在不会有答案，由着大家去想象，而即便是想象，也有习性、这样那样的文化基因的影子。这就是“人性”，很实在的人间的条件。尼人画画、抒发情性与想象力、创造社交新例，更是个人间的条件。东西方智人祖先们很早就开发了乐器，考古出土了万年前左右的骨笛，听觉跟语言能力肯定也是人间的条件。

这就触摸到另个大自然的根源了：我们这支智人的喉咙和耳朵，是怎么搭配着演化出来的呢？ 50 万年前跟尼人分支那时的同一祖先的基因，一定没有智人喉咙的性状的碱基分子序列

（有的话，尼人的语言能力就会跟智人近似了），智人祖先是怎样获得发达的喉咙，从而开发出更容易沟通的语言的呢？这下麻烦大了，几乎跟宇宙原点大爆炸一样（碱基分子串成 DNA 也类似），目前仍然是个只能运用人脑想象力去尽可能科学地探讨的问题，现代人大致能够说清楚宇宙或基因长得什么样、它们生老病死的演变，但说不清楚宇宙或生命是怎么来的。

好了，暂且满足于先说说基因层面的“人”是怎么样的本能吧。前面提过，4000 万年来，灵长类就有两大生存本能：集群、学习。从哺乳类到灵长类到人类的演化，集群与学习的本事无疑大大长进，可是基因还就是 G、C、A、T 的材质与排序，怎么使物种展现这些本能？

一句话，本能怎么展现“人性”？

集群、学习的本能，无疑是人性的一部分，人类比任何其他哺乳类或灵长类的动物都更集群、更好学，演化出生命世界最长的幼稚期，就是为了学习用的。当然，人性里头还有共祖遗传的许多其他本能——领地性、荤素杂食性、黑猩猩的侵略性、侏儒黑猩猩的平和性，等等，不少“内部矛盾”呢。

智人祖先在大约 6 万年前，东向扩散出非洲，渐次散布到亚、欧、大洋洲，并在上一次间冰期的暖化时节，1.3 万年前，从东北亚扩散到了美洲。这并不奇怪，很早就跟智人祖先分支的直立人，250 万年前就扩散出东非、狩猎遍亚欧大陆直至印尼群岛。同样具备石器制作技艺的直立人祖先，如果熬过 7.5 万年前印尼多巴超级火山喷发带来的更严酷、更漫长的冬天，他们会不会也在地球暖化时开发出农业文明？可能性是存在的，毕竟同样是用脑的灵长类，石器的技艺，不就是同源的吗？大约50万年前跟现代人类分支的另一支“智人”，尼安德特人，他们运气较差，向北进入冰天雪地的亚欧大陆奋斗求生，直至大约4万年前才灭绝。尼人也扩散及于现今的俄罗斯西伯利亚地区。尼人没有农业文明，但已经有雕刻、绘画的艺术，并且也葬死、扶伤、恤老，跟我们这支智人的社群似乎没有两样。如果他们也熬到了地球暖化时节呢？似乎难以想象尼人不会也开发出农业文明……

从演化的角度，智人的祖先经历过包括直立人在内的分支，幸存的现代人（我们）身上积淀着人类的群性与智性的本能，传递着生存经验包括文化基因（可吃的动植物种、可用的石器材料与器件等知识）。地球暖化的万年以来，隔绝在非、亚、美洲各地的前人们，受益于暖化的气候，变得更丰富的狩猎资源使得群落人口增长，集群效应下更多的人脑无疑使得智力也大大增长（群体需要沟通、协作、组织，用进废退，人数有力刺激着人脑的演化），各自都开发出适合各地的农耕文明（近于同步！），唯一的边界条件似乎就是人群的口数，基数少的社群会滞后（知识技艺需要群体在时空上的有效积累，而增长人口需要一些时间），如此而已。

现代亚欧人的祖先们，长期世代生活在艰苦的冰天雪地，更偏爱甜食与油水，生理上的能量需要嘛。为了从日晒获取维生素D，肤色变浅、变白、变黄。而冰天雪地的生活，要求狩猎的协作更多也更复杂，因为冰雪世界里的动物体型更大（当然更难猎取，也更危险）。生存的压力给祖先的脑袋瓜儿开发了更多的经验与智力。生存的智慧透过习性的复制传承了下来。

智人的“智”，主要是代复一代在处理跟社群里“他人”的共存关系中自然演化出来的。智人既然靠集群生存，群性本能下的人脑演化自然地开发出维系社群关系的信息处理方式，而信息无非来自眼睛（视）、耳朵（听）、鼻子（嗅）、皮肤（触）、舌头（味）五个感官。人脑怎样处理、运算感官送来的信息（光色、声音、气味、压力、味道），并迅速跟他人形成紧密的联结呢?

比如，首先要认得出是哪个“他人”。这靠视觉信号是最快、最有效的，人脑在这方面可了不得，一般人可以轻松地迅速地准确地比对出近千个不同的人脸！意味着人们可以相当快速地从千头攒动的人群里认出亲人或熟人的面孔。人脑的本能运作，对感知“他人”的存在是很敏感的。

群性的本能，使得人们下意识地互相感染（模仿）同样的行为，最有名的例子：打哈欠，以及集体歇斯底里症。人是有“趋同”本能的社会动物。

趋同，已经是个高阶、复杂的社群本能。更基本的本能则包括诸如“认知”“自我”“意识”，等等。

从现代心理学和脑神经学大致可以了解到，“自我”意识和“他人”意识是平行发生的。人类是集群生存的物种，个体需要不断揣摩“他人”的意图与心思，才可有效地沟通、协作。人脑无时无刻不在忙碌工作，估量别人与自己的心意，做出相应的联结他人的表达。

这真应了存在主义的一句话："人群乃自我的镜子。"

他人、自我是并存的。没有他人，就没有自我！

当代科学家们找到了人脑处理"意识"的区位、其他区位处理的信息传到这里的途径以及主控反应的区位，发现：

（1）比如，对"他人"跟对"自我"的认知，人脑用的是同样一组硬软体（区位），但整个大脑都给这个区位提供信息。基本上，现在的理解是，人脑产出的"认知""意识""理解"等等，都是万亿个脑细胞的共同协作的结果，专业的区位无非是对处理某项功能更有效率，而人脸识别、动静识别等各个专业功能区位的信息处理都是同时平行运算的。

（2）"认知"对人脑而言，是各个专业区位平行处理各自的信息，并把各自的运算结果送到"认知"的区位再集成处理的结果。比如，对"爸爸"的认知，主要是重复地把爸爸的影像信息跟"爸爸"这个语音信息同时送到视觉、听觉区位，重复到区位间的信号传递形成一个联结的模式，使得一听到"爸爸"这个语音便刺激联结视觉的模式、集成众多脑神经细胞的化学通路、虚拟出爸爸的模糊影像，也就完成了对"爸爸"的认知。这完全不是现代电脑的 0 跟 1 的运作，人脑根本没有"硬体记忆"，当然也就无所谓"存""取"。

基因打造出来的脑神经细胞，它们之间的信号传递非常迅速。然而，人脑"记忆"的不是数据本身，而是激发出大脑处理信息的内部联网模式。比如，“红色”可以等同于波长 750 纳米的光子，但人们认知的“红色”，并不存在有个可资取出的脑细胞记忆体，人的记忆所召唤出来的，是个红色的东西在脑海里的意象，因为一开始学习认知“颜色”的时候，那些红色物体是跟大量其他区位的信息处理平行而来的（掉落的红苹果，穿着红衣服的女孩等），这个认知模式联结几乎整个大脑的网络。重复足够多红色物件之后，处理抽象逻辑区位的神经细胞会通悟，忽然联结了所有红色物件的通路而认知到“红色”的“红”，是红苹果、红衣服等的共同颜色，从此听到“红”这个字，就瞬间浮现意象、确认它的意思。至于不同的红色，桃红或血红或暗红，就得实际诉诸眼睛看见实际的物件才会认知，甚至在没有具体的对比时会永远难以形容清楚！

集群生存要求人际紧密协作，为此演化出来的人脑，常常一瞬间的接触，眼神、动作什么的，便已“认知”他人的意图，包括自己的心思，据以迅速反应。这样快速“认知”他人意图的准确率算高的，但这是他人的真实意思还是自己的“灵感”呢？是教化模式使多数人脑齐一化的结果，还是人心之间存在可以直通的共鸣呢？现在还没有确切答案，但已经证实人际相互揣摩、趋同的影响非常大。

可以确定：人之所以为“人”，人群之所以能够存续，更多的是“看他人的眼色”才发生的。本能的人性，天生渴望跟他人联结、与他人一致，这是基因里的群性本能。但人性也天生自私自利，连文化基因也专注于复制它自己，这是基因里的私性本能。自然演化出人脑这样的硬体（脑细胞、信息的传递机制、运算处理的区位，等等），及其软体（所有当下能获得的信息都被纳入，整个大脑都忙着处理、运算），最终平衡各种纠结与矛盾、积累人群的实践经验、产出人“智”。而智慧的传递就靠教化，幼稚期与学习的本能是有演化上的功能的。

这样的“你”“我”“他”混在同个认知程序里的人脑，“理智”经常意味着：意识到他人的情况，据以做出对自我最有利的应对，比如，笑脸以示友善、避免冲突等等。这些合理性，是天生的群性衍生的结果。连笑脸都有演化上的功能，不然怎么传达善意呢。还有眼神，所有地球人都知道：眼睛最传神。怎么知道的呢？是本能！

老鹰在天空翱翔，高速俯冲掠食，对速度与位置的准确估算攸关生死，早已演化成一个无须思考的本能，可以说是固化在它大脑里的编程。对事物进行计算或评估，人脑也天生存在纯粹理性的功能，但系统化的数理知识由于需要数据与逻辑，科学的思维与方法便是个需要重复学习才培养得出来的习性，第二天性。人脑本能的理智所认知的事物，未必跟第二天性的科学理性所达成的认知一致。

“习性”，透过重复学习而养成的“第二天性”，基本上就是一整套模式化的人脑细胞处理的结果，人群里诸多近乎“不思而能”的、被教化出来的思维与行为模式，其实是这样形成的后天“文化”基因。

从生化基因的学习本能到文化基因的语言，最容易观察到的案例是幼儿掌握语言的起点。每个人这辈子一开始的经验，都是从身边开始的，看到的、听到的、闻到的、尝到的、触到的。襁褓时期，重复的印象最多的肯定是妈妈的脸庞、声音、温暖的乳房和乳汁……其次才是家庭成员爸爸等人，以及家里的摆设。那时，“妈妈”、“宝贝”（假设是对儿童的昵称）是最常听到的词，每次还连带看见妈妈的笑靥、眼神，以及她的触碰。这样的不断重复一般要经历一年左右，幼儿忽然之间就把“妈妈”这音词跟妈妈这个人联结起来了，对号入座之后，很快就一通百通，啊，认得的他叫作“爸爸”，认得的她是“姐姐”，那条狗是“小黄”，这是“水”，而我就是“宝贝”……并且，真奇妙，不用花哭闹的力气也可以喝到水、吃到东西，呼叫他们就行了，立马就是正向回馈，享受语言的功能与好处，用进废退，幼儿语言能力快速增长。前面已经谈过，人脑的记忆是靠整个大脑各个区位的神经通路联结模式而召唤出来的，于是，幼儿的“记忆力”也连带增长，这又是个用进废退的过程。大约两岁开始，幼儿慢慢认得比较抽象的东西，比如，听话服从的“乖”与“不乖”、一二三的数字与数目、红绿蓝的“颜色”等等。这些通悟，依然来自不断重复的刺激，直到形成一个神经通路的联结模式，形成第二天性，把语词与意思完全等同，不假思索。

现代还知道，基因编程好的人脑，由于幼儿时期的大脑仍需成长，因此各种本能的开发也是编好时序、依次进行的，以便幼儿有限的智力专注到最需要学习的区位：语言和逻辑的通与悟。但通跟悟这两个量子飞跃是怎么激活的？也许是万物之灵的“灵”字作祟，也许就单纯是重复学习、“熟能生巧”。说不明白，就称为“智慧”。

总之，演化出来的这样的人脑，也解释了为什么聚居农业一经启动人类文化就呈指数成长，因为人群越大、相互激荡的脑力越多，智慧也积累得越快。当然，人群既是同样的硬软体装备，便也演化出类似的形态（社会结构与历史轨迹）；人群虽然随缘（所处的时空环境）开发各自生存的习性，文化尽管表现得不同，但多样性的底子里有太多共性。当然，也因为从更早的祖先们那里，生化和文化基因都蓄积了同样的起点：情感（葬死、扶伤、恤老、艺术等）、知识（对食物与石器的经验等）、一套沟通与教化程式（语言、信仰、规矩等），早已传承，代代复制并扩大、积累；而群落虽小，管治、生产、分配，也早有一套权利制度的“规矩”。

这样，我们可以了解到，隔绝在各大洲的人类祖先们，为什么在大自然环境合适的时候都开发了农业文明，并且在扩大了的社群里，都形成了文字、宗教、氏族、部落、国家……演化出雷同的历史文化过程。万年前的地球暖化将这些平台扩大了，人脑的智慧随着更多的资源与人口开发得愈加复杂（也即文化长进）。

人的现象

宏观上，人的现象是自然演化的一部分，当然遵循演化的游戏规则。

基因的存在（生存）与复制（繁衍），并没有特定的方向与逻辑。个体生命如此的渺小，相对于其上的“环境”，适应而生存的方式实际上就是“天择”，说白了，大数量级的边界条件对个体而言其实就是“宿命”。即便是整个种群的个体数量，数目也只提供了一点保险，靠个体的存活概率来确保种群基因在时空上的延续，不幸的就只好灭绝。37 亿年来，尽管时不时发生大灭绝现象，地球上的生命演化倒实证了基因的成功生存与复制靠的是全球各地存活的、数量庞大的动植物种与微生物种群落。

对于生命世界整体，地球是相对稳定的大环境。对于微生物，一个动植物的个体就已经是相对稳定的大环境了，“相对”而已嘛。“大环境”并非一成不变，大陨石撞击、地磁反转、地块漂移、冰期、台风等等，虽然也可能有些数量级上的“动态规律”，对微小数量级的生命种群与个体就都像是随机的剧变，而基因“留存”是个急不来的、“自然淘汰”历练的温功。

生命实际是个随遇而安的现象，不会预先针对设想的环境条件来进行演化，各个生命和物种的存在都是事后才有先见之明的，必须先生存于环境的当下，然后才有生存于环境变动后的概率。比如，东非大裂谷在过去千万年间每年扩大毫米级，不知不觉“稳定地”形成稀树草原环境，慢慢演化出生存在那里的生物与生态。又比如，地球的大气环境是30亿年来绿色的植被和微生物长期供氧的结果，竟然几乎完全界定了生命演化对氧气的依赖。再比如极其罕见的天体事件（亿年一遇的数量级），上一次的大陨石撞击，地表环境突变，恐龙因此灭绝，但随后哺乳动物却因之勃兴。哺乳动物的基因组绝不是预先为大陨石撞击后的世界而演化的，恐龙在灭绝之前已经兴旺了亿年数量级，那时的哺乳纲祖宗是支生存在地下的原鼠类，为了避开当时地面上的残酷生存竞争而适应出钻到地底下的生活方式，演化出小心翼翼的性格（用脑力多于用力气），有些因此恰好躲过一劫，反倒趁此活出地面。而如果没有哺乳纲的幸存，哪会演化出灵长目的人类?

生命演化没有一个可循的“算法”（algorithm）。基因的存在与复制随机适应大环境的游戏规则，在碱基分子的层面是微细而精准的，不容误差，但基因的数量却可以无比庞大，并且，规则里头还允许基因玩串串游戏，对基因可以串挂的碱基分子的数目并没有定额，对怎么串挂的排列组合也没有限制。只要能够适应环境而生存并复制，就行了。这就给微小基因的“演化”提供了无限的可能性，更何况它们对应的“大自然环境”本身也存在着无限的变化可能性。

由于数目与概率的数量级、环境的动态本质、太多变数之间的交互作用、时空上的广阔积累范围，生命与生态的演化很容易交叉为一体，超越人工智能的任何算法与逻辑。叙述演化相对容易，但要把它逻辑化出“证明”或“算法”却办不到，这或许就是存在的本质。宇宙、演化、生命、生态……只有规则，没有目的，大自然演化出人类的智慧，达到足以具备逻辑与算法的人工智能的复杂度，但还是模拟不出没有目的的背后的那个“智慧”。当然，这也可能只是数目与概率的数量级问题，近乎无限多个可能性配上近乎无限大的数量，不用说，什么智能都没解。

复制也是为了存在，为了在任何时空环境下的存在。地球上存在的解，就是37亿年演化出来的一切生物。加长的DNA链条其实记录着基因在时间长河里的演化经验，跟环境条件对应的、留存下来的DNA排序都蓄积在基因里，时不时地“择吉开张”。地球上最早的生命，可能是海底火山口附近的厌氧菌，靠合适的水温与地底释出的硫化氢为养分，以复制它自己。此后，一切我们熟悉的生命特征，机动、辨识光色或声音、叶绿素、神经控制等，都在单细胞或多细胞的微生物世界里率先演化出来，鞭毛虫、蓝绿藻、变形虫等，渐次脱离火山口的单一环境，并给大气充氧。它们因缘际会集群共生、透过细胞核融合形成更长的基因链条，渐次演化出复杂的水生的动植物种，再登陆、继续演化至今。而所有的陆生动物胚胎都自备水源，因为生命最初的基因就是那么开始复制的，既然是复制的，连那个最初生存的环境条件也不能少，水里诞生、水里成长，所以，一切生命都需要水。

最早的单细胞微生物的基因组只有百万个碱基分子的数量

级，现代动植物动辄十亿个碱基分子的数量级，但各自都是一条“命”。共生在同一个生命体内的众多细胞都有着相同的基因组，实际那条命就是那些细胞组成的一统社会，依稀可以追踪到基因们的前世从哪里来的，植物里会有绿藻的叶绿素基因、动物里会有酵母菌的能量转化基因……基因，很早就开发了“群性”，只为了适应各种千奇百怪的、相对而言的“环境”。事实上，生命只是自然环境的数量级之下，一个微小数量级系统可以存续的方式，人类也不例外。我们这支智人的基因组一定碰对了某些条件，使得人类成为唯一可以跨域生存于全球的物种，还繁衍到今天的75亿人口。

到此为止的铺垫，只为了让我们了解宏观上人类是怎样生存至今的。

毫无疑问，人类生存繁衍的最主要演化特征是：群与智。

这是人间的基本条件。

人类演化的几个显著标志

年代	文明	动力	用材	沟通	群居人数	社会文化
50万年前至1万年前	狩猎	人力	石器、皮毛	语言	≤ 50	
1万年前至300年前	农耕与游牧	人力、畜力、少量水力	陶、瓷、木、竹、金属	文字印刷	≤ 100万	权利制度、交易 / 掠夺
300年前至今	科学	煤、石油、电力	化工合成	电信、网络	≤ 3000万	权利制度、交易 / 掠夺

集群生存，不用多说了。事实也是：不存在独人，只存在人群。

本能去学习并开发智能，也不用多说。但人间的情与理模式相当复杂。

蚁群、蜂群、象群、猴群，各有集群的沟通与智能方式。就其大脑联网而言，蚁群像是以生化基因固定其分工的本能，群体的智慧则以某种未知的方式集成大量个体的反应，并首先由一只"中央"大脑感知（任何一个兵蚁或工蜂都行），再迅速以设定好的本能行为模式带动、"指挥"群体的活动，这可以类比为几个简单的中央级 CPU 联网众多前端的更简单的信息处理 CPU。象群、猴群、人类的大脑本身已经是复杂的中央 CPU，个体已经很有"个性"（不像蚁、蜂各自被本能固定），他们的大脑联网模式，更像是 CPU 之间的信息沟通，学习的功能便是安装可以对接的软件，达到众多 CPU 的平行或分时运算，积累群体的智慧。而人类是此中翘楚。当然，个体和群体未必没有矛盾，但演化上的好处是，任何一个人的大脑都可以是整个群体的软体模板、积累的起点，典型的现代网络模式。演化上的代价是，既然有个性，就要费点文化基因的付出，培养情感与理智的习性，尽可能平衡个体间的矛盾（这很容易扩大化为群体间的矛盾）。文化与习性，是要花能量与时间才可获得的第二天性，"智慧"更加如此，"灵感"绝不是白吃的午餐。突变的背后，演化是需要蓄积能量的。

这是人间的现实条件。

农耕文明的5000年来，各时各地的人群各自发展出不同的文化习性，这些文化习性最可能的出场时序为：技艺与知识→语言或文字→集群为部落或城邦、权利制度（组织与分配）→宗教信仰→定居农耕或游牧→交易与掠夺。这些学得会的软体，透过集体的长期教化，代代复制传递，成为“文化基因”。人力农耕作为技术，对人力狩猎是个量子飞跃，生产效率大大提升，但即使加上畜力与耕具的改善，很快就在2000年前的中国达到近乎巅峰，此后除了繁殖人口、开拓耕地，再无增产的办法，人类社会也就缓慢地发展，文化基因近乎固化。其中，权利制度、社会伦理、宗教信仰、语言文字成为最牢固的文化习性，既是智慧之源，也是智慧之障。

农耕文明蓄积到300多年前，西欧开创出“科学”的文化习性，成为崭新的也是人类唯一完全相同并迅速普及的文化基因，200年前西欧引领全球进入科技与工业的文明，对人力农耕是更大的量子飞跃。而城市化迅速集中了百万数量级的人群，使得原先运行了几千年的整个习性软体矛盾百出。从自然环境里解放的人类，却被框在自己打造的社会环境里了，那是按照旧文化习性打造的人工环境，而适应新社会环境的配套文化习性却还没完整开发，并且人口数量激增、自然环境过度开发，但大自然从不对话，它只默默执行游戏规则：演化。

往正面看，科技除了使得人类生活方式从未如此便捷之外，也使得人群从未如此全球化为一支仅存的物种——“人”。而科学除了使得各门知识从未如此真实之外，也使得人类从未如此无所遁形于自己内心的虚拟世界（人工智能）。

未来，会是什么样？不得而知，尽管揣测，但不可能超越大自然。

过去，已经发生了，无可更改，成为经验，蓄积为“边界条件”。

当下，每个人的活动，立马积淀、积累为过去，并塑造人类的未来。

探索人类社会往前的道路，只能从地球人已知的一切智慧着手。科学与科技，那是肯定的，智慧也需要创新、积分。各地人群的文化与经验更是宝贝，那是人类留存下来的文化基因片段，修补到新的文化软体里，更易激活。

第二章　人类的同与异

现代知道，地表的大陆板块一直在漂移，但500万年来的陆海轮廓已跟当下世界雷同，相对而言，地貌算是稳定的，虽然有些山脉缓缓地长高了些。500万年来的地球实际还在经历冰期，生存在逐渐张开的东非大裂谷平原上的远古祖先们，约在300万年前演化为直立、制作石器工具、荤素杂食（甚至吃荤更多），以适应东非变成稀树草原的自然环境。而越发干燥的气候，使得生存越发需要群体与智力，大约50万年前，演化出我们这支人类的祖先，并且其中一支智人群体在大约7万年前跨出东非、进入现今的阿拉伯半岛西南端，沿着海岸分头向南、向北迁徙，终至扩散出非洲，成为现今所有亚、欧、美、大洋洲人群的祖宗。

这是人类的“大同”源头，地球人都流着相同的血液。

除了同个地球、同个演化规则、同个祖宗之外，由于是动物，人群自然扩散到不同的环境，各自觅食谋生。跟邻近群落的交流还算方便，可以保持接触而互相影响和积累，遥远的群落就一定因为时空的距离而越来越隔绝，各自适应的结果就会因生活环境的差异而不同了。

对各自环境的适应，会使得人群相同的生化基因组中，自然演化出一些 DNA 插件，比如，长期在冰雪中求生的，皮肤会变黄变白，因为人体需要自己合成维生素 D；生存在高原的，皮肤变黑，因为需要挡住紫外线的伤害嘛……而透过教化的强制学习（无法独立谋生的幼稚期与少年期，实际是生理上与社群上的自然强制），必然产生看似五花八门的文化习性，但一切人群的文化基因组还是相同的，都由权利制度、语言与文字、技艺与知识、信仰或宗教等合成。这些都是人间可以相互学会的：语言、文字、艺术、技术、知识、伦理、信仰、教化机构、权利制度、农耕或游牧、交易或掠夺，等等。具体的文化或习性，名堂与形式会有所不同，但都是文化基因组中的软件，决定了部落或城邦、组织与分配等群体的“性状”细节。跟生化基因组的 DNA 插件类似，这些硬软基因是人际互通的，人群的血缘与文化，都可以互相交流融合。自然演化出人类以群与智来生存的本能，造就了人群大同的生化基因组与文化基因组。“小异”的，只是人群随机适应的多样性。

人的现象，大同小异，本质上，人性完全相通。

从大同谈，任何人或人群都近似。从小异谈，人人都不同，即便同卵双胞胎的生化硬体完全相同，文化软体也不可能相同，何况人群。

文明的起源是多元的

大约 1.5 万年前，地球进入了间冰期，暖化使得万物繁盛，自然资源大为丰富，大大增加了狩猎群落的人数，促成“智人”的脑袋瓜儿量子飞跃，各地祖先不约而同走向“文明”：人力能够利用水源的地方定居农耕（含畜牧），人力不能够利用水源或缺水的地方就游牧。

目前考古记录上最早的定居聚落在 1 万年前的安纳托利亚高原。

西亚出土的古人定居点，哥贝克力约 1.1 万多年前、恰塔霍裕克则近万年，出土的石雕不但丰富，有些还相当巨大。考古学家们估计，当时的聚落口数不少，可能千人！当然也发现伴随遗址的农业证物，不然很难想象光靠狩猎怎能维持社群的存在、分工、建设……

现在还知道，大约 9000 年前，这里气候曾经相当湿润，而大约 4000 年前起，又转成日益干旱。这个气候变化也使得原本绿意盎然的南撒哈拉在 5000 年前完全沙漠化，但那里的古人迁往西非并存续至今。

目前考古记录上次早的定居聚落在 8000 至 1 万年前的中国。

湖南澧县的彭头山、浙江金华的上山遗址有万年之久，其他如浙江的河姆渡、山东的大汶口、陕西的半坡等也有七八千年之久。

需要指出：

（1）万年前地球暖化之时的西亚、东亚、西非、美洲人群，是隔绝的，彼此已经分支了数万年，完全不知道各自的存在。各地被驯化利用的动植物种当然不会一样，但不约而同的是，那时的祖先们都迅速进入“农业”时代：定居的聚落、种植谷粮果菜、豢养家畜、储存与酿造，等等。这不可能是巧合，大同的人性使然。

（2）西亚的小亚细亚前人的技艺似乎自然地扩散出去：沿两河往南就是七八千年前的美索不达米亚“肥腴月湾”（中东的两河流域）；往西到达海岸就是5000年以上的“爱琴海周边文明”，渐次及于今天的希腊（3000年前）。

这里的农业大宗，始终是麦类、椰枣、无花果、葡萄、橄榄、洋葱之属。

跟两河流域同样古老的北非尼罗河流域，埃及，则主要是粟、高粱、芝麻、黄瓜之类。

西亚和埃及的自然环境都比较干旱，农业种植依赖大河季节性的泛滥所带来的冲积以及灌溉沟渠。5000年前，西亚和埃及的前人就已互相往来。

（3）东亚的中国前人，明显是两支来源：古百越+古苗羌。

中国的长江与黄河两大河流域都属于温带，气候比较温湿。长江流域稻作，中下游的农业起源都有万年之久。黄河流域粟作，农业起源也是中下游并起，有七八千年之久。中国南北方的共同种植是：大豆、桃、李、桑、橘、竹。

（4）中美洲的墨西哥高原的前人的大宗是：南瓜、辣椒、西葫芦、向日葵、番茄。稍后南美的安第斯高原的前人，则在食谱上增加了马铃薯、蚕豆。

（5）西非的前人们是智人留在非洲的古老“原住民”，从原本绿色的撒哈拉南部扩散而来，4000年来就种植稻、粟、油棕。

定居农耕（含畜牧），是万年前的人类“高科技”。

不能定居农耕的地方，亚欧草原，就开发了用上畜力的游牧，这也是另一项“高科技”。

高科技，用现代话语说，就是技艺或产品的“性价比”很高。

当时创新、突破的反映：农耕或游牧技术都大大增长了生产力，祖先在力所能及的范围里渐渐脱离了原始的狩猎生活，加大了对自然资源的利用。于是，人口相应增长，增多的人口又带来跟狩猎时代全然不同的社会问题，“人性”“人的因素”，大大发挥。

这样广阔且相互隔绝的全球遗址分布无疑是多元的，但却有着发展模式上的惊人雷同：农耕或游牧都自主开发了！甚至连往后的历史模式也惊人地相似：部落与国家、祭师与酋王、文字与文化等也各自展开。这说明了，地球人的本质是一样的。

这样，在那个地球变暖的时段，农业作为一个人类量子飞跃的“文明”，相应的软体，农耕的技艺是当然的，集群定居的聚落必定需要组织，包括分配、分工、秩序、管治，等等。文明，“civilization”，西方词语原意即“城镇化”，集群定居在城镇自然就会产生社会文化。各地的农业起源就是各地的文明起源，而各地的农业文明，生存技艺与权利制度基本同型，但语言、文字、艺术、信仰、教化等的表现当然不会一样，各有各的历史演化轨迹，也是多样性的表现。（这里没讲游牧文明，因为游牧人也需要摄食谷粮，游牧部落一定会跟农耕城邦或交易或掠夺，从而受到农业文明的影响。）

重要的是，农耕生产使人口激增，群聚效应则使得智人之智加速积累，艺文、知识与技术的软体固然越来越完善，而组织与管理的软体也越来越精，人群从此不仅要面对自然环境，也要面对自设的社会环境了。

文化习性更是多样的

同样是农耕生存，亚洲、非洲发源在北纬 32° ±2°区域（西亚、东亚、埃及），美洲与西非则在南北纬 18° ±2°区域（玛雅、印加、西非）。自然环境迥异，生活方式当然不会完全一样。比如，地中海南滨的西亚大地，气候比较干旱，水源紧挨沙漠，农耕腹地不太大，能养活的人口有限，像是沙漠里的绿洲，古时的空间距离又意味着相对的隔绝与孤立，自然造就了众多城邦，不时需要交换有无，小国寡民的生存方式只好是外向的、机动 + 交易 / 掠夺的习性，成为“西方”人的文化基因（包括亚欧大草原上的游牧部落，关键在于小国寡民）。

而东亚的温带气候，使得黄河与长江流域的大片沃土只需繁衍人力、开垦灌溉、精耕细作就可一年两获以上，自给自足，不需太费劲冒险去交易或掠夺，古时中国大地的众多城邦因缘际会形成了一统的农业大国（关键在于象形文字混融出同质的大量人口），生存方式着重中央管理、经营内向的计划与协作的习性，成为早期中国人的文化基因。为了突出差异、方便比较，这里就以中国人群代表“东方”人。（其他的东方人，尤其是东南亚，大抵是古百越族群农耕之后的扩散，湿热的丛林环境自然形成众多的农耕部落与城邦，文化习性会介于“西方”与“东方”之间。）

尽管文明源起时的人群都是部落或城邦的，但略偏于“中央管理”的文化，跟略偏于“机动 + 交易 / 掠夺”的文化经过数千年的隔绝、传承、演化、放大，大抵就是今天“东方”“西方”的显著差异。

外向的西方，习惯于城邦与部落的分治，侵略、进取、信神、崇拜英雄。

内向的东方，习惯于一统下的“中央管理”，计划、协调、变通、信仰自然。

西方的世界观，国际就是多元的城邦与部落。面对交易与沟通的必需，拼音语文无疑是多元族群最有效的沟通载体，但容易分化的语言也强化了族群的隔阂。唯一有效的黏合剂只好靠军事武力，而唯一有效的组织管理必然只能是因俗而治，先后大面积统一西方世界的波斯帝国、罗马帝国、蒙古汗国都是如此。

东方的世界观，虽则长江与黄河水源丰沛，但人力可及的灌溉沟渠促成对秩序的高度依赖，2600年前左右的春秋时期，五霸的霸权象征之一就是可以召集会盟（主持国际会议）并重申中华诸侯国的禁忌（规矩）：即便战争也不可“以邻为壑”（筑坝然后水淹）。一致的象形文字弱化了语言与族群的分化，加上相同的农耕方式，形成天然黏合剂，大大助长血缘与文化的混融，使得中国必然统一。“中国”从来就是个文化的概念，春秋时期中华诸侯国的“华夷之辨”就已超越族群的分化而以农耕的中华文化为标准了。

实际上，中央管理或地方分治、机动+交易/掠夺、信仰、教化，等等，通通都是人类文化基因组里的软件，只是东西方人群面对的环境不同（自然的环境与人为的社会环境），表现的侧重不同，话语的修饰不同而已。地方分治有中央管理的部分，中央管理也有地方分治的部分，农耕的也要机动力、交易、掠夺，等等。人的欲望是基本雷同的。

以上的描述当然比较简略，并且是以现代的话语来回味的。

现代已经是科技文明时代，科学已经成为地球人的显性文化基因，而无论政权还是金权所引领的传统权利制度，已经越来越无法构建出安全稳定的人类社会。这里只把当下人类社会表现出来的两大类型勾画出来，作为科技时代的背景：17世纪起，沿科学思维急速发展至今的科技，叠加在5000年前起沿权利制度构建的东西方传统文化之上，新旧文化之间的不匹配是明显的。

回到文化习性的话题。

现实是，现代人的文化是近代人给教化的，而近代人的文化又是前人给教化的。教化这个机制，是给学习、模仿、趋同、审美、同情等的人性本能配套的，目的是把诸如语言、规矩、知识、技艺、信仰等软体下载到人脑这个硬体，以使人群里的各个人脑都有兼容的软体，人际便可以沟通、群体便可以协作。对个体来说，成长之前的重复学习，便是要成为习性、反射似的第二天性。对群体而言，齐一的习性，代代相传下来的就是称为“文化”的东西。

一切文化软体都是人工的智能，语言、知识、技术、艺文、制度、信仰……哪个不是人造的？这些都是人群生存的经验与智慧，都可以透过人际的相互学习来通悟、复制、传承、创新、积累、扩容、改写。演化出以智人之智作为生存手段的人类，教化与文化更直接定义了人性。文明以来，人类玩转自己数千年而浑然不觉，直到通悟了科学的智慧才照见自己。

现代人已经相当了然人的现象，信手拈几个文化事例来说明一二：

语言

语言是人际沟通的必需项，幼儿学习本能菜单上的首选。语言也是群体认同与文化复制的重要工具，所以相应的文字才会形成对人群文化的重大影响。有趣的是，现代学者发现地球人有着共同的根的旁证：人类幼儿的语词，母亲大都叫“妈妈”（mama），父亲大都叫“爸爸”（papa），如果是天然的，那就是相同生化基因的贡献，如果是教化的，那也是相同文化基因的贡献。差别或许仅是发生这个共同根的年代。

语言文字是一切人类文化的基石，因为人类群与智的发挥是需要沟通众多个人的心意的。而最有效的通的方法，无非诉诸听觉（语言）与视觉（文字）。

语言的发展需要“约定成俗”的语法和语意，这完全是习性，因为每个词意都得用其他词句来解释，即便孩童脑子里天生就已下载了整部字典，在缺乏语法和语意的积累与通悟时，语言就会像狗咬狗尾巴一样团团转……举一反三的重复学习是必需的。文化嘛，是习得之性。

文明早期的文字都是象形的，这不是偶然的巧合，作为辅助语言沟通的人工智能，象形文字可以迅速传达类比的意象。西方的拼音文字是对众多语言的适应，方便了彼此的通达与转译。其实中国的意象文字里头也有大量拼音的部分（形声字有声旁），结合文字所表达的意象（水、气、金、石、人……偏旁所代表的属性），更能迅速通达。

科技文明时代的人类要学的东西更多，更需要沟通，也就更需要语言文字的技能。电子工具的普及使得音乐与图符也成为沟通的重要辅助，但不会取代语言文字的功能。

信仰

智人的人脑早已演化出对“因果”的“认知”，不然第一章也无法谈到“理”这个字的意思。科学之前，狩猎或农耕，长期的经验与观察需要总结与传承，一时的异常需要解释，而合理的答案还要积累数千年之后才会出现。于是，文明早期的智人那个越来越发达、善于揣摩他人与自我心思的人脑，不由得也揣摩起老天爷的心意来，尽可能给出令人满意的答案。于是，丰产有神、多子有神、河流有神、山林与风雨通通有神……人类对鬼神、灵魂、精神的“认知”，狩猎时代就存在了，几十万年前的祖先们早就“葬死”，没有对生死、对灵界的“认知”，是不会产生“葬死”的文化基因的，而这无疑强化了群体的沟通与认同。

信仰是最原始的理性，解释一切情理之外的疑难杂问。狩猎时代的祖先肯定已经开发了对于精、灵的信仰；草原游牧民把通神灵者称为“萨满”，近于原始的多神教；农耕早期的人群信奉多神，祭祀更有组织，庙宇、祭师（僧侣）、经典、仪式，一应俱全，就是宗教。

宗教、信仰，一直是教化和认同的最佳工具、复制文化基因的载具。农耕或游牧都是如此。从现在已知的小亚细亚最早遗迹来看，祭神或许比农业起源还古老些。我们可以认为，酋王、祭师、宗教、信仰、仪式等文化基因早已存在于狩猎到农耕的过渡期。权利制度把农业社会转变为父系之后，除了仍以女神的形象表达人性对繁衍兴旺的欲求之外，文明早期创造出许多男神，包括许多城邦的“主神”。酋王与祭师都是社会统治阶层（组织化即权利化），酋王常常就自己来扮演主神的分身或祭师的角色。

科技时代，即使人们的认知大大真实化，至少目前仍然需要信仰，不只因为科学还年轻，还不能解答一切问题，而且宇宙万物的游戏规则即使透明了、理解了（比如，无穷的数量级与概率），真相依然是大致的、笼统的（比如，演化或人脑的运作），人类生存所赖的情性与理性本身，相信、信任、诚信都还需要一个终极的信仰。信仰是个文化现象，科学与技术只会使得信仰更加合理化、人性化。

至于宗教文化，作为信仰的表现形式，也需要“现代化”。宗教组织是祭师（僧侣）的集成体，由于人性的存在，包揽神权的教会本身就是个经济集团，早期的神权更是权利制度的一部分，以宗教话语权来进行统治。科技时代的今天，西方资本金权掌控社会，但比如天主教会始终是全球最大的资产拥有者，换言之，是超越国界的最大金权，这些并到第三章讲权利制度再谈。

城邦（国家）

现在知道，文明早期的西亚城邦世界有过上千个数量级的城邦，约略同期中国的诸侯国，古籍上号称“万国”。有趣的文化现象是：

城邦，以城为邦，为啥东西方都有志一同围墙筑城、封邦建国?

而国家模式还都挺相似的：政教合一、交易或掠夺……

人群不用学，也无处学，自己天然开发，居然还都一个样。

考古发现最早的城邦出现在 5500 年前，西方是伊拉克的巴格达附近的乌尔城，中国则是杭州附近的良渚。筑城，除了集群定居之外，肯定是为了防御，对掠夺的防御。而筑城需要组织人力，显示那时的城邦已经有了权利制度，东西方古城里的祭坛相当突出，神权、王权确定是统治阶层了。国家形制就此开始演化至今。

但防御跟掠夺的心思是一体的正反两面，现代心理学对此颇有心得：他人与自我的心思被同一个脑袋瓜儿认知，因此常常是“推己及人”的。权利制度的统治阶层，要么对自己的掠夺性了然于心，所以要进行防御，要么那时人际掠夺已经常发生，一遭经蛇咬，十年怕井绳，因此要筑城防御。

城邦、国家成为最牢固的人类文化基因之一，这不会是“纯属巧合”。而早期城邦世界的交易或掠夺的行为很人性：打得过的时候就抢，打不过的时候就交易喽。当然，无论交易或掠夺，来得了、跑得掉、带得走，才行得通，这就突显出机动性的重要：早期城邦大都沿海岸、河岸、海岛设立，船只的机动早已被前人利用（考古发现最早的独木舟在 7000 多年前的杭州跨湖桥），后来更加上草原游牧民的马匹机动（5000 多年前驯化了马）。

城邦跟部落实际就是国家机器。而人类早已演化为掠食动物了，权利制度对内、国家机器对外的侵略性是天然的本能，跟农耕或游牧的生活方式无关。人群的文化软体当然是一直继续演化的，权利制度与国家形制也如此，文明早期东西方的部落与城邦世界，都经历过神权到王权的阶段。但东西方权利制度的演化途径有些差异，神权至迟在2000年前就已经退出中国的权利制度，西方则延续至今。

语言、信仰、国家，是人类最古老的文化基因，这些习得之性牢固到难以撼动，这就触及另一个奇异的人类群性情感软件：认同。

认同，个体对集体的归属与效忠感，并非先天的，而是趋同本能的后天演绎、教化出来的。语言、信仰、国家，都是具体的集群标签，都具备强化认同的功能。在人群扩容的过程中，血缘为主的混融会更突出“种族”（肤色等），文化为主的同化会更强调“国家”，当然，同时突显几个文化标签也是人之常情。

科技时代，人际接触交流业已全球化，语言文字的通译更不是障碍，科学则冲淡了宗教跟信仰的联结，但没冲淡种族主义或国家主义，这两个认同的联结在19世纪被西欧权利制度做成“现代国家”的面貌，叫作“民族国家”（Nation State），就是一个政权在其统治的地盘内，挟科技之力打造出齐一的认同与文化，比如统一的语言、信仰、法律、教化、对国家的认同……所以，既是一个民族，也是一个国家。这对西方传统文化来讲是一大反动。

文化冲突的背后，看似民族、宗教等的冲突，其实是现代国家激发的民族主义的后遗症，骨子里还是权利制度下的权益之争。科技使得“现代国家”的威力无限放大了，这成为现代人面对的最大问题。

历史过程塑造了文化

过程决定特质，这是演化游戏规则的结果。没有哪个人走过完全一样的生长过程，也没有哪个人群的生存经验与积淀的历史完全相同，各自留传下来的习性与教化也不会一样。人们之间的同与异跟他们凭什么能够存在于当下，是跟历史过程相关的。但人就是人，在时间轴上，人群的大历史经验还是类似的。

城邦世界的经验

文明之初，各地人群都经历过部落与城邦的世界。

4000 年前黄河流域的夏（洛阳附近）、5000 年前长江流域的良渚，考古发现不完整，但 3000 年来的商周文献与考古，印证了这些东亚文明早期的城邦世界跟西亚的相当同质。酋王葬礼常陪葬许多人牲，“事死如事生”。而城邦战争除为了获取贡赋与奴隶，也为了获取祭祀要用的人牲。那时的远方贸易交换来的奇珍异宝，“财富”的作用，主要是彰显“权利”阶层，物以稀为贵嘛。

东亚那时的宗教，华北的夏商周几乎只是萨满的扩大化，神（天地之类）、灵（山林之类）、鬼（祖先之类）近于同格。公共仪式温和，更像大拜拜。华南的良渚、川楚等地资料不多，大致只能确定祭师有“巫”的性质。

可考的美洲历史，文明早期的城邦与部落也很多，北美、中美、南美都有，早期美国中西部的邦或部落，跟中美、南美的贸易，至少有2000年历史。玛雅或印加“帝国”的形式，跟早他们千年数量级的西亚相当类似，一个特大城邦联结许多小城邦而成的联盟“帝国”。而且，西亚的酋王和祭师的角色，早期的美洲城邦也都一个样。

美洲的宗教，多神，公共仪式血淋淋的，明显有震慑百姓的作用。酋王常需自残以彰显其超越常人。金银珠宝的作用仅只为了突显王族或宗教献祭，跟百姓生活关系不大，百姓既不以之为财富，自然也不动心。

西亚两河的城邦，“主神”（保护神）的庙堂跟东亚华北的“社稷”祠堂角色一样。战争常以毁掉对方的主神庙为目的，整个战败城邦的人沦为奴隶。贸易互通有无，近于今天的商业行为。

城邦各自有鲜明的个性。但西亚两河流域族群众多，言语复杂，商贸往来需要交流沟通，文字很快由最初的象形转成拼音，并且很早就以拼音文字编写律法、标准化商务模式。

实际上，中文里与语音相关的文字也不在少数。比如，“氧”这个形声字，由“气”跟“羊”组成，气是意象，表示这东西是气体，读音是“羊”，念“养”，也联结“养”的意思，合起来就是养生必需的气体、氧气的意思。人类的语言文字都是约定成俗的，拼音文字嘛，见字后大脑视觉区直接联结到听觉区去激发音感，再联结认知模块；意象文字嘛，见字后大脑视觉区既联结认知模块，也联结听觉区。就沟通的功能而言，语言文字都是等效的。就习性对大脑的影响而言，拼音字主要刺激听觉区块，或许这是西方人群的音乐想象与演绎逻辑比较强的原因，而意象字主要刺激视觉区块，或许这是中国人群的线条艺术与抽象思维比较强的原因。但这些都是人类学得会的东西，科技文明之后更加不是相互沟通或学习的障碍。

早期隔绝于各地的人群，连结绳记事的习惯都是不约而同、自主开发的。狩猎到农耕的转型期，文字及其所记载的知识、权利制度与社会组织都是平行发展的，文字与知识成为权利制度下的祭师、贵族的专利，统治阶层长期占领文化制高点，强化了政治上的威权管治。

在西亚，宗教成为认同与教化的手段，加上拼音文字，更易于文化基因的分支多样。比如，印欧游牧族群，伊朗－印度人，四五千年前从里海周边南徙到今天的伊朗，渐次涵盖两河流域以及小亚细亚。大约 2600 年前，一位伊朗智者简化两河城邦原有的多神教为近于一神教的祆教。而这时段向东分支到印度的伊朗－印度人，却引申多神信仰为婆罗门教并以此统治印度。又比如，游牧在中东的闪米特人的一支，希伯来人，在2000多年前开发出真正意义的一神的犹太教，以“跟上帝（主神）立了契约”的信仰自称“神的选民”（上帝，是中文翻译的；实际的名字是那时犹太部族的主神的名字，记录上有多个叫法，耶和华是其中之一），编出把部落历史跟神话结合的经典，从而维系住长年颠沛流离的族群，一个坚强认同的犹太民族便打造出来了。

一神教或多神教的关键，不在于一或多，在于“宗教”及其所教化出来的文化。西亚气候比较干旱，无论农耕或游牧的人群，生活都需要坚强的意志、坚定的信念。宗教信仰一直是高纬度人群社会的必需品，黏结出一个个小国寡民的部落与城邦。

而无论一神、多神，西方的“神”总是严厉、威权的，直接反映并不那么友善的自然环境与激烈竞争的社会环境。一神，自然又更具排他性，虽然所有的文化基因本质上都是排他的，而“教会”作为一个紧密的社群组织，复制的念力更强、排他性更大。

在温带气候里生活的中国前人，宗教信仰跟西亚的面貌大不一样。

雨水基本丰润，生存比较容易，神灵们相对比较友善，中国人的人神关系或天人关系是比较融洽的，而且农耕的田地也是数代人力的经营结果，便也很早就开发了对先人的感恩与崇拜。历史的偶然，发生了周翦商的事件（小邦击败大邦），相对泛理性的周文化又被长期复制，以至于神权在中国的地位每况愈下，祭师至迟在2000多年前便已仅仅是官僚体系的一小部分。原来占据文化与知识制高点的祭师，分化出“瞽”（乐师）、“毉”（最早期的医生，常用巫术心理疗法）、“史”（祭祀记录官）。“史”再发展成书记官或天文技术官，史官的政治地位迅速独立、攀升。并且，对天地人的泛自然崇拜也很早就理性化为道家思想：中国人信仰大自然去了，“老天爷”是也。

作为对比，印度也有温热的气候与大河，温和的佛教会在印度开花也有一定的“因果”吧，但婆罗门教的种姓制度使得印度的社会环境成为人间炼狱，天堂与地狱的极端形象正是人间的心理反射。

国际社会的经验

城邦世界本质上就已经是国际世界，但邦跟部落都是小国寡民，几百人、千人也可以是邦国，活动范围有限。农耕文明要蓄积到2600年前左右，许多邦国的人口都大到万、十万、百万数量级，经济与机动力扩大，彼此接触比较频繁了，方才像是今天的国际社会景象。让我们就拿这时段的波斯帝国作为一个划分点，因为波斯帝国是人类历史上第一个横肉跨亚、非、欧的“帝国”组织，终结了西亚的城邦世界。

波斯帝国的管治：以贡税与交易取代战争掠夺，以驿道快速流通政令、军队、商旅，族群相对自治，律法相对明确，信仰相对自由……这些措施能够迅速有效地组织、管理多元族群，可以说，所有人群的国家建制莫不如此，并不是仿效波斯的，只不过波斯帝国刚好可以拿来作为此后的国际社会的参考点。而那时的国际，限于交通与信息，仍是区域性的国际。真正的全球国际社会要到科技文明之后方才出现。

东亚的中华诸侯国世界，2200 多年前被秦帝国终结。

秦一统黄河、长江流域之时，华人的农业文明早已根深蒂固。秦帝国的组织跟波斯帝国也差不多，而齐一的程度则远超“万王之王”的波斯帝国。严格说，春秋战国时期（秦一统之前的五百年跨度）的中华诸侯国早已集成为韩、赵、魏、齐、楚、燕、秦、越八大国与众多小国，那时的中国已经是黄河与长江两大河流域的“中华国际世界”了。

战国中期中华世界的每个“国”都是很大的农耕“王国”（“帝”跟“王”是一个意思，“帝”的原意只是个更大的“大王”），那时，小国寡民的诸侯国基本已不存在，那时起的中华世界，已经是个全球国际的局域版。

西方经验与中国经验都值得人们回顾，因为历史不能重来，东西方各自经历过对方没经历的事。

中国的大历史经验：

（1）大家熟悉的中国史是朝代的更替，比较不熟悉的是统一的实况：从 4 世纪晋直到 14 世纪的明，淮河以北、长城以南的华北，跟南下的草原游牧族群混融了近千年，北魏与隋唐的王室是一家子亲戚，长城外面老早就是故乡了。而中原华人南迁跟长江以南的人群的混融时间更长。中国的统一，贯穿着战争与和平的交替。从数千年的历史看，可以说战争是和平的间奏或说和平是战争的间奏。从人类历史看，4—7世纪时的东西方都经历了游牧与农耕族群的大混血与大混融；8世纪起，东方的唐王朝完全恢复了中国的统一秩序，西亚则有阿拉伯伊斯兰帝国的一统，欧洲则定格在类似中国南北朝时期的多国秩序并延续至今。人们低估了一个广阔的亚欧大草原不时发挥的游牧对文明世界的搅拌器作用，要到科技文明时代的19世纪，游牧文明才开始衰退。

（2）宋辽夏金时期，就国势而言，辽最盛，但重文轻武的宋首创经济立国的全球先例。所有今天国际社会流行的经济工具，从技艺与器械的讲究，到货币与金融，到商业的流转与契税，都在10世纪的宋代中国建立原型，并被其后的蒙元帝国发散到亚欧大陆，激发17世纪之后的资本主义的形成。宋代的中央财政收入，工商业与农业的比例高达2∶1的时间长达200年。

（3）13世纪开始的蒙古汗国，成吉思汗启动大征服，第一次把亚欧大陆“全球化”了，到其孙子忽必烈，把中国的经济措施普及共同体辖下的西方，包括纸币、元宝、钱庄（银行的雏形）、有价证券、榷场（海关）、承包与中介制度等等，并且开创了国际贸易“来料加工”首例：把西亚的工匠与苏麻尼青蓝釉彩原料送到景德镇制作著名的元青花瓷，迅速成为当时的全球时尚产品（包括中国）。那时游牧文化、伊斯兰文化与中华文化大量直接交流，中国知识分子释放出“与国际接轨”的近于口语的元曲与通俗小说……

（4）元代之后，西方知识大开，而明朝却回复自闭状态。明初，朱棣（明成祖）由于镇守北京，跟蒙古对抗，还能知晓当时的国际情况，方才有15世纪初的郑和七下西洋，但朱棣、郑和之后，明代随即海禁、闭关锁国，从此中国基本上自闭到八国联军入侵时。

（5）17世纪中叶的清朝，以区区八旗50万众以内征服1亿人口的明朝，但迅速被完全同化，并继续闭关锁国。19世纪中叶鸦片战争、20世纪初八国联军入侵，沦为半殖民地后的中国方才清醒，此后70多年的中国都在革命激情中度过，只为了“现代化”“跟国际接轨”，这是中国第一次主动意识到要跟别人同化而不是同化别人。

（6）19世纪中叶起，科技时代的西欧囊括全球的文化话语权与经济定价权，并制定资本金权的游戏规则。这里有两项人类历史上的第一次：贯通全球的科学，以及权利制度（资本金权）。

西方的大历史经验：

（1）波斯帝国之后，1世纪罗马帝国崛起，以武力统一欧洲、西亚、北非，但只维持了200年便崩解为东、西两个罗马帝国。东罗马帝国于5世纪定基督教为国教，成为欧洲的标准教化载具。但那时段已存在几个教派——天主教、希腊正教等，各随地缘将“蛮族”融合为如今的众多“欧洲人”与基督教国家。16世纪的宗教改革运动更添加了诸多新教会。

（2）7世纪，伊斯兰教兴起，阿拉伯帝国扩张为地跨亚欧非的大帝国并开发出绚丽的伊斯兰文化。伊斯兰教对文化与知识的重视与保留，直接成为后来 14 世纪西欧“文艺复兴”的最大助力。

（3）13 世纪的蒙古四大汗国共同体是个全球现象，东西方都受影响。而蒙古的全球化管治模式基本上就是：部落分治、国中有国、因俗而治、以贸易替代战争掠夺。

（4）14—17 世纪西欧的“文艺复兴”由意大利的威尼斯城邦富可敌国的商人启动，原本只是为了强化金权对威尼斯的管治与影响而发动的一个文化革命，在当时处于天主教会禁锢思想的欧洲黑暗时代，意外地发展成人类历史上最成功的人心工程，不仅解放了西欧人的思维，还合理化了人性的贪欲，崛起了资本主义。

（5）14 世纪后叶的中亚帖木儿汗国把亚欧草原的突厥世界尽皆伊斯兰化，直接形成近代世界轮廓。15 世纪中叶，小亚细亚的奥斯曼土耳其帝国崛起并攻灭东罗马帝国。

（6）16 世纪初叶，西欧大航海时代，证明了地球是圆的，并打通了全球海洋通路。欧洲开始全球性的殖民掠夺。

（7）17 世纪中叶，英国率先揭示科学真知。19 世纪初，英国以蒸汽机的发明启动了工业革命，随后的 200 年间，化工、电力、电子、核能、生化……人类从此量子飞跃到科学与技术的文明。但被权利制度挟制的科技力量，在 20 世纪上半叶就造成两次世界大战的浩劫。而被资本金权绑架的全球社会人群，都在类似宋代的经济里流转，20 世纪以来的人类已经历数次金融海啸，迄今仍在自造的GDP旋涡里不能自拔，继续消费着过度包装的商品。

（8）科学迅速成为现代地球人的必要教化、人类崭新的文化基因。科技时代则改变了社会的生活方式，人流、物流、知识与信息的便捷流通，使得一切都自然地“全球化”了。

东西方的这些历史经验，塑造了独特的文化：

西式

西方人群的习性，从思维到生活，突出个性与差异，长于微观的比较与解析，而这正是科学所需的方法学。西方人群的经验与智慧，是在多样性与生存竞争的基础上，以权利阶层实行共和来稳定社会的运转。而共和在西方权利制度里的权利，演变到科技时代的金权独大。

中式

中国人群的习性，突出群性与大同，长于宏观的关联与辩证。在跟西方同等的多样性与生存竞争的基础上，中国经验告诉我们，仅仅是相同文字这么个有利于互相沟通的因子，人群社会的齐一就可以大增。

但一切差别的背后，科学却让西方认识到存在宏观上的大一统：达尔文的演化论以及爱因斯坦的统一场论。在科学知识与信息科技的指数发展下，知权与民权已经成为现代人类权利制度的中心。未来，知权才是可以免于金权或政权荼毒的民权的基础。

第三章　权利制度

从演化的角度，如果一个特定的权利制度没有给人群增加任何生存的优势，那它必定会迅速被修正或舍弃。无论政权或金权，权利制度透过国家机器的组建，已经沿用5000年了，这是农耕时代留传下来的牢固文化习性。300多年来，科学与技术主导地球人的生活与社会，现代人面对的大自然环境就只是颗越来越受人类影响的地球，而且，人群自设的人际与社会环境也因为集群的数量级而越来越重要甚至超过自然环境对人群的影响。现行的权利制度能让现代人生存于这样的综合环境吗?现代人该如何完善权利制度以适应科技发展所带来的社会与自然环境的快速变化呢?

蓄积科技文明的过程，自非农业文明莫属。现在知道：人群定居是必要条件；还有其他条件。农耕，一个人干不了，需要起码的劳动力协作，所以，群落还得积累人口，那口数要多少才算是个起码的“农村”？古人的生活从狩猎过渡到农耕，必定是相当漫长的过程：一开始，不可能不狩猎，要过活嘛；而驯化动植物种也是农业的必要条件，联网积累的人脑不够多，只好累代尝试、慢慢积累与经营……直到务农足以养活整个村落，才会跟狩猎生活拜拜，然后一个村、两个村……技艺扩散，渐渐形成一定数量级人群的生活方式。配套的文化习性、权利制度（管理、分工、分配）、国家机器（部落、城邦）等等，自然平行地演化出来。

农耕文明带来丰盛的谷粮产出，那是要被分配的生活物资，怎么分配？古早人群组织过各种各样可能的管理模式。中国上古的传说故事，原始公社的首领是“选贤与能”的，很“民主”嘛，然后有“禅让”“世袭”，而大禹的儿子世袭为王才有夏代国家机器，才算是中国王朝历史的起点。管治的权利世袭，私有化了公权利，以国为家当，就是“国家”。在那个时间点上，世袭形式的私有化还不少，工匠的技艺（工）、天文与气象的知识（祭师的副业）、交易的手段（商）等等，都是世袭的权利集团或阶层，不单只管治的酋王与官僚集团是世袭的。这些都算是初级社会的分工所衍生的需要，在交流不便的当时（交通与文字条件），技艺的传承与积累自然以家传最有效率；世袭，甚至还可说是群体的需要，毕竟经验与智慧的延续有利于群体的延续。人的私性很自然就权利化了各种管理、技艺、知识，权利化其实就是私有化。

但酋王一人或一家不可能有效管治，必须跟权利集团共治，10世纪的宋代就曾直白“皇帝与士大夫共治天下”，即王族与官僚集团共治国家。西方的共和也是一个意思，只不过后来也算上部落或城邦的分治，在科技不发达的时代，连信息都不能及时传递，不分治又能怎么办？

财富，物以稀为贵的意识，是怎么来的？要花工匠许多劳动力的工艺品、远方来的自己不会制作或没有的产品等等，都是财富。谁要这些东西？祭师、酋王这些统治阶层。用财富缀饰起来的庙堂与仪式，正是权力的象征，包括文物、艺术、珍宝、土地、建筑，这些“财富”之所以“贵”就是彰显权力，而权力就是权利，金权和政权是等价的，都是制定分配社会资源的游戏规则的。农耕以来的人类经济活动很大一部分是权利的经济，生产不全是为了交换生存所需的物资，还为了财富。科技时代就更加如此，为什么？

为了那个教化了我们习性的权利制度。

文明之初，由于权利制度的存在，王权与官权垄断管治、神权垄断知识、工商垄断技艺，分配与分工、组织与管理等的权与利，除了刑罚与杀戮之外，还用什么方式来教化人群呢？财富的原型现形了：用金玉宝贝、奴隶、车马等形同“富贵”的事物作为权利的信物，让人群确认话语权与定价权的归属。

智人之智给自己设计了一个很人性化的圈套：公权利难道不就是众多私权利的集成，怎么知道一件事或一个决定是公意而不是私欲？自然演化的集群动物，蚂蚁、蜜蜂、狮群、象群，各自有组织、管理、秩序的一套规矩，以优化个体生存与群体延续的矛盾。演化到人，利己与利他的天性纠结，心思便复杂了。权利的本源当然是自私的，为了保障自己的生存，而私有化本身却也有点利他的，为了保障后代的生存（后代的生化基因是自己有份儿的，当然也可说是利己的，但权利是社群组织的产物，群体是需要组织的，权利制度也有利他、保障群体组织的成分）。早期的人群，母系氏族社会，血缘多少有点联结，公与私的意识，演化功能上的界限相当模糊。

然则，集群众多氏族，一路到部落、城邦、国家，人群社会的权利制度早已不是文明初期的简单状态了，量变引起质变。社会各种权利秩序的要害是，权利最大的集团决定了教化的内容，而教化决定了人群的意识与习性、固化了规矩。

王权（西方还带神权）、官权、金权就此控制了人群的国家机器至今。科技时代，科学求真应该是人类最主要的教化，但金权大行其道，目前的人类第二天性依然在追逐权利，这是农耕文明塑造的权利制度所遗留下来的文化习性。

金权的资本主义化

从狩猎时代即已存在的交换行为，交易、商业、货币，作为人类的一个文化习性，无论东西方都早已存在 5000 年以上。资本借贷的利息行为，少说也是 3000 年的历史。金权跟政权、神权一样长久，怎么就转变成资本主义，并且还成为现代人类权利制度之最？

13 世纪初，一次以北意大利的威尼斯城邦海军带头、宗教其名、掠夺其实的西欧“十字军东征”行动，居然打进同为基督教的东罗马帝国都城君士坦丁堡（今伊斯坦布尔），大肆杀掠，抢夺大批东正教的珍宝文物。这非常吻合历来西方城邦世界的游戏规则：打不过的时候就交易，打得过的时候就掠夺。威尼斯城邦倒因此垄断了西欧的东方贸易。威尼斯城邦搬回家的许多战利品就是后来“文艺复兴”所需的文化资源：小亚细亚的文物与艺术品以及伊斯兰世界的知识（图书、器具）。

那时的商人是威尼斯城邦共和国的统治阶层，炫耀的财富就是掠夺来的文物与艺术品，热炒“古希腊”文物……（那时的欧洲并不知道古希腊的存在，幸好伊斯兰世界还保留了一些关于古希腊的知识），显得有文化、高级、贵气，后来干脆仿古加伪托，似真似假，“古为今用”，反正西欧当时的人哪里晓得什么是古希腊的还是小亚细亚的，编故事就是了。由于威尼斯是个小城邦，容易操控，而重商使得金权可以大于政权，威尼斯的商政权力精英流行东方时尚，就以时尚流行的方式推动了西欧的“文艺复兴”，文化商品包装包装，散布的渠道又畅通，很快就“潮”了起来，风行意大利，渐次普及全欧。

西欧历史演化的转折点就此发生，持续到 17 世纪，根本改变了西欧的思维与习性。这个 400 年的文化革命之后，科学最终在英国萌芽，随后英国以科技之力完成了金权的制度化——资本主义，并称雄全球百年。由于是真正的文化转型的软实力，整个西欧崛起。

这场威尼斯式运动对当时的西欧太重要了。

第一，富可敌国，资本可以借钱给穷政府，确立金权不小于政权。

第二，强调私性，卸掉了对“贪欲”的罪恶感，追求利润、财富。

第三，释放个性，追求自由，引爆人的创造与想象，发扬感性艺术。

第四，解放知识，深化知性的探讨，哲学、数理、天文都大幅成长。

文艺复兴运动的400多年间，商人成为西欧权利制度的主要阶层，引领西欧人群冲破天主教会的黑暗牢笼。自有人类社会以来，商人的社会地位从未如此稳固，虽然伊斯兰世界和蒙古共同体辖下的商人地位都不低（西方城邦与部落的隔阂使得商人自古以来就是信息与知识的来源），但能够公然以盈利自豪，才会发展出资本主义、演化出金融。这样的西欧，国家机器里的权利制度，表面上是政府在运作，骨子里是资本在运营，无处不跟利润、利息或商品贸易相关。

这时段的西欧蓄积的是一种金权文化，19世纪，西欧社会已经转型为金权主导，一切为了追求利润。既然都赤裸裸地追求利润，诸多利益矛盾的协调便自然演化出相应的法制，把资产私有，资本与利息、雇佣关系等通通法制化，形成明确的资本主义制度，虽政权亦无可撼动金权了。

可以断言，西欧的文艺复兴运动当然不是为演化出科学而设计的。威尼斯商人只是为了维护自身的政商利益，或许也为了所收藏文物的价值，鼓吹发财有理，以隐形的金权解放显性的政权和神权对人性的束缚。这些当时不会立即做到，就连

“文艺复兴”也是后来的赞词。那时代的文人、艺术家、工匠无不俸养丰厚，卓然有成，自成大家。文化与科学都是要有权利制度的调动与物质基础的支持才会成形的。从各地的人类历史看也莫不如此，无非这时的西欧是金权起的作用远比政权积极罢了。

然而，经历300年的教化之后，西欧认祖归宗于伪托的“希腊文化”，释放个性、合理化贪欲，给资本主义打下坚实的“哲学基础”，这是多么不可思议的人心工程！这不是“创新、突破”是什么，管它一开始是咋回事。

人类的交易、商业手段，数千年来变异不大，并无新意。新的，是西欧的人心改造，以及把资本所代表的金权引入权利制度的顶层。伊斯兰文化重商的程度绝不下于威尼斯城邦，商人经常参与统治，但《古兰经》也规定了借贷不可有利息，利润不是伊斯兰世界的最大追求。而东亚中国的华文化，利润与性是私密的禁忌，人人都做但绝不会公然自豪。这样，东亚和西亚只能任由千年数量级的文化基因复制出来的国家机器在血缘与习性里轮回，自然也用不着转型。

事实上，无论伊斯兰世界或中华世界，资本对社会的作用以及资本集中的程度，早就有激活资本主义的物质基础，但近代资本金权则天才地合理化了人性贪欲，利润挂帅，一切向钱看，才会设计软性制度来私有化一切自然与人造的资源：时间可以生财（利息）、土地可以生财（地租）、知识可以生财（专利）、自然风景可以生财（门票）……商品当然更可以生财，并决定人的劳力的价格，通通在私性的极限里发生。到了科技时代，人类以前自设的一切权利都不能世袭了，唯一剩下还可以世袭的就只有金权（资产继承）。

但金权下的当代经济学，也荒腔走板到不尽科学的地步。原本的课题是：资源有限而众多人口的欲望无限，所以要找出最优化的方式来满足人群社会的需求，中国的说法就是“经世济民”“利用厚生”。经济学需要尽可能地数理模型化，才可推衍出优化的解，但贪欲怎么数字化？于是，当下的经济学就玩数字游戏，合理化利息、地租、专利、门票等私有化的权利（人性贪欲）之后，人际利益流转与交换就是数字经济，现代叫作 GDP，没在社会流转的就不是 GDP，自耕农留下自己吃的份额、工艺创作留下给自己或朋友欣赏的、没门票的自然景观、义工义医等免费的服务，都不是 GDP！消费掉的才是。而自由的市场经济，任何数字都合理，只要有人买单，至于 GDP 的增长率到底是欲望的增长还是幸福感的增长，或者什么心理扭曲的满足，乏人问津。刺激消费与流转所增长的 GDP 数字，只能是地球资源的浪费，这在诸如食品与日用品等的过度包装上、在时尚商品的过度炒作上反映得淋漓尽致，GDP 越高，商品的价值与价格的差距越大，社会贫富悬殊越明显，地球生态破坏得越严重。

这样的金权经济，10 世纪的宋代中国已经经历一回，豢养了庞大无比的官僚集团与商人阶层，被后来元代的蒙古共同体放大到辖下的亚欧世界（当时的“全球”），直接刺激了西方资本主义的形成。那时的中国经验，涨多的GDP只有一个办法解决：通货膨胀、泡沫破裂、随机重组财富，那时的中国人只能拼命去理解那时代的人的现象——理学，试图解释并统合“天理与人欲”。14世纪的明初180度转弯，“重农抑商”，回归小农经济，实际针对宋元400年资本金权的财富分配“去中介化”或“去中心化”，但明初“不与民争利”“藏富于民”的结果是官权与金权的空前合流，权钱等价，这里的“民”被官僚集团迅速缩小范围成市镇的小市民，依然是工商而不是税籍的广大农民，这时的中国经验，一方面是官僚贪腐体制成为习性，官商一体化，另一方面则是理学变成心学，诉诸人性里的群性“良心”。

这些中国经验，对业已站在人类权利制度前台的资本金权来说都是镜子。而20世纪上半叶的俄国与中国的社会主义革命更直接是人群对金权资本主义制度缺失的回应。

文化能够形成，都是针对当时的自然与人文环境的适应选择才得以存在的。对14—17世纪的西欧而言，神权与王权体制里的特殊权利阶层，世袭的贵族、僧侣、官僚集团，独占了社会的最大利益份额，人群就以金权私有来应对世袭，稍微公平化了社会的分配。从演化的角度来说，资本主义制度还很年轻，它没有在10世纪的中国社会产生，只能说明那时中国的整体环境并不存在滋生它的足够条件。而19世纪之后，资本主义制度的演化迄未止息，西欧的殖民掠夺、现代国家、两次世界大战、社会主义革命、社会福利国家、贸易与金融的全球化等现象的出现，都是人类社会对这个制度的自然反应，修正是必然的。

金权的资本主义制度通行的真正原因，其实靠的是科技生产力。科技使得量产的商品供应丰富，商业流转所产生的经济效益刺激了整个社会的转型。科技本身并没把人类物化，正好相反，科技大大发扬了人类的理性与情性，艺文情感与科学知性的迅速交流、广大传播，使得地球人一体化的程度远超任何物种，现代人享受到前所未有的丰富物质与文化。然而，金权的资本主义制度带来人类私欲的合理化，点燃利欲的无限化，人把自己意识为一部生化材质的经济机器、为产生利润而存在的东西，物化到自己的理性和情性已无所适从。怪不得现代人终生焦虑、孤独，为了在科技时代生存，学会了科学，运用了科技，明明可以更真实地贴近自然的人性，平衡在合群与自我的自由自在之间，却被各种贪嗔偏执的习性网罗自限而迷失，甚至远离自然、疏离社会。

政府与官僚的作用

无论什么权利制度都是人工智能的结果，人造的制度是维权用的，维护人造的权利规矩，而维权的具体组织，政权或金权都需要各级管理者组成的政府或公司来管治、实施维权。自古以来，政府“官员”跟公司“专业经理人”，这些官僚（包括资本制度的公司经理、律师、会计师之类的维权人员）作为管理集团的具体执行成员，是权利制度必不可少的组成部分。政府官僚与公司白领，一直是政府与公司实施组织与管理的机制，是政权与金权的实质操作者与权益分享者。

但他们都是人，在人的现象里头，“政治”更多的是一门粉饰的艺术，对内的统治与税敛或对外的掠夺与防御，不是多数人的暴力就是少数人的暴力。而科技时代就加了一道暗坎：金权的“经济”暴敛，因为资本主义制度不存在不欲求利润最大化的资本。

现代资本主义国家，王权已然消失，金权独大而隐形，政府官僚成为实质政权掌握集团，政府对社会的管治早已无形中成为官僚集团的专利。少数掌握决定权的政务官（各级政府的首脑，包括监督性质的各级议会的议员）或者民选或者指派，任期视不同政制而定，而具体实施管治的绝大多数事务官（各级官僚）则是“专业”的各个部门的成员，整个官僚集团的编制、薪支、福利实际是政府体制内自行制定的，但都是社会纳税供养的铁饭碗。跟公司白领集团对比，政府的目的是维持国家机器及其权利制度，公司的目的是赚钱，白领就是社会消费者供养的。政府官僚与公司白领实质掌握人群社会的政权与金权的实施，自成一个“治权”利益集团，这些官权的人的因素就是无不膨胀自肥的根本原因。

一切还得回头检视权利制度这个文化基因。

西欧演化出资本经济制度与科学，因为是创新，新基因要成功安装在人群已有的其他文化基因之中，必须兼容。科学没有兼容的问题，很快在西欧安装到位、复制、扩散，成为现代人的基本教化软体。但资本经济制度的情况不一样，资本挂帅、资产私有，社会立刻产生金权与政权的矛盾，权力制衡的改变可不是迅速可以兼容的。然而，文艺复兴运动长期占领了西欧社会的话语权制高点，在“人性”的旗帜下，一方面合理化贪欲，不但赚钱合理，人人也都发财有理、掠夺无罪，“恭喜发财”！另一方面，神圣化“个人”，属于个人的一切都不可侵犯，当然主要就是财产权。

到了19世纪，金权与政权在西欧已经互相磨合，国家机器表面仍然政权当家，但整个社会运作以资本为准：法制化私有资产以及个人权益，并规定以拥有相当资产作为“公民”的门槛，公民有投票权，透过选举参与政府对社会的管治。（这是文艺复兴理想化的古希腊城邦世界，有产公民、神权的祭师、君权的贵族和武士共治城邦。“古希腊世界”存在的真伪本身，反而不重要了。）

于是，西欧黑暗的天主教神权时代结束，变异出新的国家机器，其中的权利制度已经创新为“资本家”与君王贵族与教会的共治，金权共享社会的管治，政府连货币发行权都掌控在资本家手中。而资本家者，大有钱人的雅称也，只看口袋，不问来处、不问出身。

到了20世纪中叶，欧美的妇女才终于取得“公民”的位置，得以投票、参政。而过去200年，欧洲几乎每一场战争都有“资本家”借钱给参战的各国政府，无论谁赢谁输，都得还款给这些资本家，连带利息和其他利润（当然，借贷给输方有本息无归的风险，但因各国政府都以税收为抵押，一般只是苦了纳税人）。所以，金权对鼓动战争兴趣极大，战前要动员要装备，战后破坏要重建，道道有利润，行行“恭喜发财”。

现代西方政府的掌权官僚多数是“民选”的，竞选时候的钱都是老板们出的，长期以来的法律与游戏规则都是为资本营利而设计打造，这已成为现代人的习性，不会为此思考：按现代的法律词汇，战争是“图利他人”的行为，是犯法的……

也许在战争问题上应该立法，让所有军火行业者避嫌（暂无投票权），但也无可躲避金权控制媒体、议员，宣扬、鼓动……只能靠老百姓自身的智慧来判断媒体信息的取向，难。老百姓还巴望着说不定哪天发财也当资本家呢。这才是金权隐身的要害、资本主义制度的高明之处。

当然，马后炮是没用的，不能用“欺骗人民”来批判资本主义制度。前面说过，威尼斯商人的本意绝不会有演化的设计，起点不过就是要保障商人的长期利益罢了。金权在18世纪制度化为资本主义时，原先点火的威尼斯共和国早没了，但金权大于政权的权利制度随着西欧的科技崛起，并全球化为西方现代国家的规范：财富私有、全民共和、公民不需据有资产、男女平权。实际的执行，当然还是人的现象，人的文化是多面的，当下的欧美毋庸讳言，白人、男人依然高高在上，虽然政治话语表面上强调自由平等、黑白平等、男女平等。

资本主义制度实质上改变了西欧国家机器的基因，因为资本没有国界，金权早已凌驾政权。科技也早已打破地球人的隔绝，血缘与文化的交流越来越没有障碍，金权世袭的资本主义制度也必将被修正到合乎自然演化的游戏规则：世袭从来不是生物天择的选项，何况人工智能的艺文与科技本身也都不是可以透过世袭而获得的。

现代西方社会的权利制度已经简化为金权、政权、官权的序列，并只剩下金权是最后唯一还可以世袭的权利。各国内部的贫富悬殊以及全球各地的发展差异，足以警醒现代人应该加速改造现行的权利制度了。科技发展的速度使得信息全球化，艺文与知识的兼容并蓄，必将化解现代人的“利益”壁垒，使社会管治回归专业的面貌而不是获利的渠道。生命世界本无所谓自由平等，是以地球整体生态而自然呈现的，人性的极致也只是心灵的自由与机会的平等，人类社会的权利制度，其终极目的已经被人类的科学智慧改写，不只要适应人间的平衡，也要适应地球物种间的平衡。

现代国家的政府无不豢养着庞大的官僚集团，任何一个国家吃公粮的人数比例都越来越大，显示人类社会组织越来越复杂，需要的管治人员越来越多，这或许是大规模集群化的天然成本，但也反映了人类文明城市化的极限。但社会复杂度的背后，也显示人类的管治方法存在问题：权利制度所要维持的社会权与利游戏规则，那个社会的结构本身是不经济的，权利文化是不自然的。

从长远看，作为修正资本经济制度的社会革命并未失败，已有资本主义国家转型为社会福利国家的案例（尤其是北欧与瑞士等），但20世纪上半叶的激情没留下文艺复兴式的人心工程，人类需要的只是一个“公平”的、人性化的、合理的制度。

权利话语

现代科学对人脑的活动，思维、意识、认知、心理、习性等是有了一些比较客观的了解，由此对人的行为也有了比较透彻的理解。智人之智，是有演化上的模式与功能的，人群的社会行为是可以找出根源的。人类既然是集群为生的动物，群体的维持与发挥毋宁就是人群生存的智慧，文化与制度需要消耗能量成本，都不是白得的。

人类具备诸多本能，群与智、公与私、生与死……开发诸多文化习性，情与理、权与利、信与达……一开始自然而然，终至系统化的认知。人性的本能与习性之间的纠结与矛盾一直存在，留存的人群社会文化随时空环境演化，因之展现鲜明的地域与历史特色，权利制度事关生存资源的分配就更加如此。

由于近代金权资本的利润挂帅主导着人类经济，现代人群的权利话语主要流行私有化、市场化、自由化，这当然并不新鲜。这些从农耕文明开始就存在了。在人群与供需的数量级都小、社会管治组织与规矩不严密的时代，那是近于理想的“自由经济”时代。这恐怕是比道家老子还早个几千年的原始社会时代，要享受毫无纪律、自由自在的代价，是得活在技术与生活方式也相应原始的环境的。

一定生产与生活资财的私有制，必定从人类集群到氏族与部落阶段就有了。限制农耕开垦或自由交易或市场行为，不会早于部落与国家的时段，关键在于“管治”与收税的体制。近代金权资本的绝对化私有财产只是对农耕社会管治权（政权与官权）的反动，但人群社会仍然需要管治与规矩，怎么办？

于是提出一个玄学，叫作“看不见的手”，市场、自由市场会自己调节供需与价格规律。让“市场”行为自己去自动管治社会的经济行为，协调价格与供需，把人群的数量级效应按最原始的数量级去想象。结果呢，就是金权资本的为所欲为、操纵市场的自由。

人性的本能是多面的，个人的生存与群体的延续本身就是生命现象有矛盾的地方，智人的社会达到一定的数量级，之所以演化出各种权利制度来管理人群的社会、政治、经济行为，有其自然而然的道理。政权、治权、金权，乃至神权、知权的存在，都有时空上发生与蓄积的原因。演化了几千年的人类的权利制度，在科技时代越来越高的智慧、越来越多的人群下，跟联网类似的内部管治（即使单纯从 CPU 的角度看）不但必需而且复杂，是高成本的必要付出。

人类权与利的文化，本质如此。社会，诚如电脑模拟的人群状态，好人与坏人是并存的，不存在理想状态的纯粹社会，社会是需要管治的。

对掌握科技优势的西欧而言，金权资本经济最大化了话语权与定价权的制高点，由此制定了全球竞争的游戏规则，这权利制度对西欧有利，但崩坏了地球生态，验证了假托自由与市场的管治“规律”是虚拟的、利润挂帅的金权资本最终是有害的。

现代人还不知道要怎样去转型资本主义制度，只知道从资本主义制度转型是必需的。科技的积累也驱使现代人转型，未来的权利制度一定跟传统的政治经济权利有所不同，人类共同体与地球共同体是已知项了，科学的智慧是不可能继续强把已知当作未知的！

第四章　西欧的经验与教训

地球上的生命演化是纯粹的生存游戏，37 亿年，演化出智人之“智”，难道演化有目的？当然不是。地球经历过多次物种大灭绝事件之后，遗存的物种都是大自然环境“突变”（相对于物种的数量级而言）之后的生命孑遗，包括智人。发生人类的智慧，仅只是自然演化的一个特例，靠智慧、靠文化基因、不全靠生化基因而生存的特例。

然而，科学使得人类可以理性地认知到自身硬软基因的成分与形成，因此，智慧给今人装备了前人从未有过的自由度：按照许多已知问题，今人已经可以规划、设计、营造一个超越基因复制本能的智人的“未来”，或许足以让智人的后代熬过将来的一切灭绝事件，甚至移民出太阳系，因为太阳系也终将归零。

所以，今人一是要：了解过去，为什么不知不觉就演变成当下状态；透过理解人类与其他物种存在过的限制，来规划出一个可持续发展的、超越的未来；二是要：清晰定义一个以人类长久存在为目的的未来，这会跟当下状态大大不同，因为人类显然无法单独存活，必须依赖整个地球生态圈里的众多生命物种，包括全部的人群社会。而这一点我们已经知道，多样性既是生命演化的果，也是生命演化的因。

这，也许就是“智慧”在演化上的用途。

今人智慧已然发展到：未来哪一天，人工智能或许可以达到智人智慧的理解与想象的极限，但演化无法人为设计，演化只有游戏规则，演化是个无须因果的存在，跟宇宙的质能时空一样。

我们无时无刻不在跨进未来，当下每一秒都是未来的第一秒。

前面谈了许多的过去，目的只有一个：人都有雷同的脑袋瓜儿，能从“他人”里头照见自己，时间上的他人，即为前人；空间上的他人，即为外乡人。更具体一些：我们被教化成“人”，习以为常地认为理所当然的事物太多了，一套套“规矩”，需要吗？当然需要，不然人类也生存不到今天。可是，我们也要明白：这些框框背后的本质是什么？东西方文化为什么不同？而未来需要什么样的规矩呢？

我们追求“人道”，人很自私但也很合群。人性使得我们演化成纠结在金权、国家、官权等各种权利制度下的集群经济动物，一种竞争性很强的掠食动物，彼此争夺地盘与利益，发展到现代，最激烈的权利争夺，就是话语权与定价权。

世上所有的人，生在框框里、死在框框里，严格地说，不是框框，是边界条件。狩猎时代的智人，大自然没给他们疆界，可是他们花了几万年才因缘际会走到了世界各地。人群失联了几百代，走到了也隔绝了，成为“他人”。农耕时代的前人定居、筑城，给自己加了个框框，国家。集群的社会里，再搞一套权利制度，规矩、框框更多了。可是我们有了“文化”，日子比从前舒服多了。

科技解放了物流、人流、知识、信息，今人的疆界是整个地球。唯一自限的，还就是文化习性，各项习以为常的权利制度要发挥一下，国界、海关、税制等成为生活的框框。

科学与技术的力量，其实就是智人之智的力量，科学的理性没有边界，情性则是人群联结的纽带。人类演化到今天，文化习性承袭了国家、资本、权利等框框，我们实际是在这些人造的虚拟疆界里走向未来的。

这就像网络世界，可以没有疆界。信息联网可以把一切信息与知识自由化，但没有“诚信”这框框，那么多网络诈骗、假消息、虚假广告等，公权力不能不管。如果诚信成为社会习性，公权力严格管治不诚信的人与公司，让信息与知识透过网络全球化、自由化，未来会更美好。如果诚信、求真没有成为习性，未来是遥遥不可期的。

自由平等是有代价的：人人都得诚信、自律、包容、尊重他人……

不然，人际冲突只会愈演愈烈。人性的确可以共鸣、趋同，但残暴与仁慈都是可以感染的。这些必须看透，因为，人道、人性，不只血缘带来的第一本能，也有学得的第二天性，文化与科学就是学得的习性与方法，人人都得自学成才。

科技当然并不万能。不过，人类的生活，人是主体。今人欲求的“未来”，就可能是后人的框框，今人配备的功夫已经非常厉害，只要知道问题真正出在哪里，说不定今世就能解决掉。

当下地球人的文化习性，许多来自西欧经验。

狩猎，可说是人群生存本能的自然发挥。农耕文明，是各地人群各自发源的。而科学，则是从西欧人群发源的，这是人类智慧的量子飞跃，无论说多少遍都值得再继续表扬下去。科学的智慧促成了西欧的科技与工业的文明，转变了人类社会的权利制度为金权主导的资本主义制度。西欧经验普及全球，成为今人继承的文化基因的一大部分。

西欧经验相对新鲜，且仍在快速发展之中，过去300年的数据与记录相当完整，许多经验与教训非常鲜明。

经济迷思

科技的开发是一回事，资本经济的开发又是另一回事。西欧文艺复兴发生在科学奠基之前，把金权解放得跟王权（国家政权）与官权鼎足三立，立下管治西欧社会的明的暗的规矩和文化，以资本为主轴，释放个性、私权和贪欲。西欧的演化结果显示，除了唯利是图的资本经济制度之外，也刺激了科技发展。

科学数模化了人类社会的经济学。但只能这样表述现代经济：

$$\text{经济增长率} \approx \frac{(\text{人口增长率} + \text{科技增长率}) * (1 + \text{货币供应增长率})}{(1 + \text{利率})}$$

这里的具体数字，当然都得按边界条件（权利制度的法规）数模化，但人口、利率、货币供应这三项是每年可以检验的公开数据，只有社会整体“科技增长率”的折算需要细细数模化才提得出合理数字。科技增长率很难估算，科学与技术的增长常常是跳跃式的，回想40年前，当CPU和记忆体还不够厉害时，高清电视曾是硅谷的热门研发项目，等到电子硬体到位，水到渠成，高清电视迅速成为价廉物美的商品。PC、手机、网络、人工智能也一样。看似突然发生飞跃，实际是经历了不断蓄积技术增长的过程。

这当然是粗略的图像，不过可以看出，金融资本伙同官僚体系，很容易以利率和货币供应两支杠杆撬动虚拟的经济增长，金融资本可以有大钱赚，官僚体系可以透过繁荣假象维持权利制度。货币一般是国家担保的信用，货币供应量大，也就是巨额国债，最终整体纳税人负担。今人用的货币量，后人是要承担的，人的私性嘛，绝不会发生现在算账买单的事。

显然，社会经济不是一个大局的趋势就可以说明的。人类的经济行为，每个细节都可以尽量数模化，找出模型以了解那个政策或制度对经济的影响，比如退休政策、福利政策、股市游戏规则等等。

在资本经济国家，金权隐身在法制的背后，无所不在，官权是政府管制社会的执行人，也就是金权制度的护法，政府首脑透过选举制度轮流坐庄，统辖官僚体制下的庞大吃公粮的人。利润挂帅的资本经济，透过人的私性向钱看，金权把官权、政权养得肥肥的、调动得乖乖的，就是各种“复合体”的建制。要给资本经济制度打分吗？当然要，至少过去200年的欧美经济表现得一片繁荣。那西欧经验出了什么状况，以至于各国官僚体系都大印特印钞票以“提振经济”？人类的经济到底出了什么问题？高速运转的资本经济哪里不灵了？

资本经济制度里的计划成分是很高的。“自由经济”嘛，只要合法、按游戏规则出牌，可以任意去赚钱，但完全自负盈亏，所以，无论个人还是公司，通通自认算计周全，然后才带着“计算过的风险”的商务计划，进入市场。

计划什么呢？计划怎么赚钱。

按什么数据算计呢？去调研市场需求、人群对产品的欲求。最终，利益驱动下的“自由竞争”，就使“当局者迷”的大大小小计划，优胜劣汰，拱出大款、特大款的金权。这样的计划的结果是，各国社会都充斥过多的大大小小的量产线设备与产能，而产品的周期却变得越来越短，最终设备淘汰，浪费极大。

如果我们从时空上鸟瞰人世，过去200年人类的经济大势大致如此：

（1）科技创新第一波，机器动力取代手工业，西欧经济大发展；欧洲制造以绝对的产品性价比竞争全球市场。

（2）科技创新第二波，电力成为动力，汽车成为机动力，美国经济大发展；美国制造的电灯泡、汽车、家电普及为民生用品。

（3）科技创新第三波，电子与半导体促成电脑控制与电信，随后则有信息产业，美国继续领先全球；但除了核心科技如 CPU 的制造，制造业分散到全球人力低廉地区。

科学使得技术变得相对容易开发，这里讲的“创新”都只是针对科技的应用方式，去开发卖得出的东西，开头的构思与设计得下功夫，但产品一旦成形，仿造太容易了，所以法制化“专利权”以鼓励人脑努力尝试新的应用或设计。对资本经济制度而言，专利就是物质刺激，以利润为饵、调动人脑心思。这当然也是经济资源的优化利用，不用花纳税人的钱，驱使个人和公司自冒风险、自负盈亏。但为了利润，科技也可以很古怪地被应用。

具体案例太多，举几个美国比较著名的案例：

（1）通用电气（GE）

电灯泡被爱迪生发明出来后，GE 以大规模量产组装，把灯泡设计成用 1 年必坏，但卖得廉价，立即成为民生必需品，因为照明是人类社会基本需求。带来的影响是：白炽灯泡为主的照明方式使得照明用电占全球总发电量的 15% 左右。一百年后的今天，这种灯泡才因耗能太高而被明令淘汰。

（2）福特汽车

老福特发愿要把汽车普及美国的广大农村，他的方法是：

流水组装线、大批量产，成本、售价低了，不就是性价比提高了吗？福特汽车大卖，汽车迅速全球化为生活的必需品之一。

而结果却是：20世纪后半叶，汽车被证实为不是环保节能的产品。

（3）苹果电脑

乔布斯发愿要把电脑个人化并普及全球，他的方法是：最人性化、最便捷的使用，只掌握设计与专利，具体制造通通外包给全球各地的组装厂。带来的结果是：PC、iPad都成为全球风尚。

GE、福特、苹果，计划性都极强，企图心都极大，影响都很深远。

他们成功的关键都在于切中市场的应用设计并做到极高的产品性价比。

技术本身倒没什么大不了，都是既成科技产品的集成与组装。由于科技自然扩散，他们都很快将制造分散到全球，哪里"经济"（低成本）就在哪里制造。公司更专注于拓宽应用或更人性化的设计以便营销占领市场，产业链上的零部件的制造与投资反而成为制造商的风险。GE和福特当然早已从原先的制造业大步转型，而类似苹果那样的现代公司充斥硅谷，硅谷成为跟景气绝缘的经济奇葩。

这样，产生了现代经济的新风尚：

（1）科学与技术的量子飞跃不常发生，深化现有科技的应用最经济；

（2）产品或制程的应用设计专利成为话语权和定价权的制高点；

（3）投资制造与组装有风险，而投资研发又不如投资广告与公关以确保品牌市场优势，市场“潮”民花钱买爽而不买性价比；

（4）现代的“创新”，能兼顾深化科技应用又“潮”得起来的，恐怕只有一个乔布斯，欧美真能“突破”技术关卡的凤毛麟角，多半也只是“创造顾客”的泡沫创新，赚钱嘛，大量是忽悠的，可怕的是，不少还是自我忽悠的“创造品牌”。

这里，虚拟的“大公司”不胜枚举，跨国公司之类是其中玩得最好的。大致玩法是：形成大量专利网（真正有用的专利是很少的，凭借法律来形成商业壁垒），锁死整条供应链，花大钱打广告并跟“流通渠道”分利以刺激“品牌”销售，对实质经济没什么助益。至于金融高边疆里的发股、发钞等“资本运作”游戏，自编自导自演虚拟经济，滥无节制又乏有效监管，而跟风炒作的人不在少数，实际已经危害人类经济，华尔街隐身的金权成为另个社会肿瘤。体制性贪腐的高级白领的薪资福利之外，还有配股分红，而接二连三的金融海啸居然仍无法震醒贪婪的人心。

这些就是资本经济制度下利润驱动的要害：赚钱的欲求取代了优化利用有限资源的真正经济需求，其结果就是虚拟化与泡沫化。

再举几个事例来说明现代经济“创造需求”的怪圈：

（1）药化厂是相当大规模的投资，为了持续盈利，德国药厂跟医疗界共利、营造话语权，由医疗“专业”机构定出爱吃肉的德国人的胆固醇“健康”标准，几乎90%德国人都超标，怎么办？每天吃药厂的产品喽，每年的此类浪费估计达十亿美元数量级。实际上，吃肉的自然会胆固醇高些，吃米饭的自然会血糖高些……需要真正“中立”的、没有任何利益挂钩的公权力机构做出科学的统计验证，才可定出无害健康的“标准”。

（2）汽车使人类机动力上了个台阶，这是好事。先不说环保，经济理性自然会告诉人们：户户有汽车不是一个社会经济的最优化措施，尤其在城市。怎么办？创造欲求呗，分利给广告、媒体产业，香车美女“潮”一下。实际上，汽车业必须从科技入手才可创新出合理的机动力，比如大大减轻车身重量。目前小汽车的平均车重1.5吨，而平均载重才250公斤，能耗与使用效率极不经济。

会发生这些状况，当然存在猫腻。公平地说，任何权利制度都会有被合理化的私利欲望，这就是猫腻之所在。法制化私权利的那个游戏规则都是权利阶层制定的，当然是“只许州官放火，不许百姓点灯”。逻辑上说，“公有”仅仅是个概念，阳光、地球、空气、雨水、森林、海洋、知识等都可以说是公有的，实际意思是说人人都可占为己用，人人“私有”。制度化权利之后，政权私有就成为王权世袭，资本私有就成为金权世袭，神圣化王权跟神圣化私产，并无不同。

宋代中国的经济流转，政权定规矩；现代世界，金权定规矩；同样的“经济”手法，宋代达到农业文明的极致，近代西欧则借科学之力，而目前还看不到科技文明的极致是什么样的世界。制度是要靠人操作的，官与民都是人，人性虽有公心，但更多私心，贪腐或不贪腐的关键便落在法制与教化。西欧经验是去完备法制，但免不了商与官的体制性贪腐，金融海啸是必然的；中国经验是强调教化，历代君主自己俭约加整顿吏治都会有“盛世”，但也不免迅速崩解于官与商的体制性贪腐。

而从经济学的角度，“消费经济”整体思路本身就是个图利既有资本的泡沫，舍不得投资于生产转型，又没本事创新科技，只好官商勾结去“创造顾客”或“创造需求”。比如，军火工业投资巨大，难道为了利润去鼓动战争？这是经济的目的吗？唯一正确的“生产面经济”只能是转型、制造任何市场需要的东西，但若产能太大，消化不掉，最好一关了事。

这里，有个岔路值得深思：西欧富强的原点，是科学的贡献还是资本经济制度的贡献？

比较世界各经济体各自发生过的经验，就经济而言，科学与技术的贡献是明显的，文化习性的贡献也是明显的，倒是资本经济制度的贡献不十分明显（甚至添乱，比如贫富悬殊、媒体炒作等）。

当然，资本经济制度的游戏规则还在演化，当下世界，没有哪个“纯”资本经济国家存在，更没有“纯”自由竞争，到处都有政府管治的影子。政府也是人组成的，即吃公粮的官僚的集群（包括华尔街的白领），不管怎么改制，吃公粮的人的私利是摆在那里的。私利心发作不发作，得靠文化习性与体制的有效“监管”。

今人所要意想、设计的未来，边界条件，显而易见。

必须牢记自然经济规律：天下没有白吃的午餐。

科学、经济学，只是要我们把账算清楚。具体数字，是人定的游戏规则，而且满足的是人的欲求。当下的游戏规则是资本经济制度、资本者定的。人类社会从事生产、分配（销售）、交易等“经济”行为，以满足“人”的生活需求。资本或利润，不过是“权利”的代名词、商人集团跟官僚集团分权管治国家社会的筹码而已。

西方有句谚语：人生在世，无可避免“死”与“税”两件事。

把“税”理解成代价或成本，就是自然经济规律：天下没有白吃的午餐。管治的公权力谈起来比较空洞，但“经济”很实在，日用、生活，息息相关，无论游戏规则怎么定，“价格”“税率”“利率”“租”“中介”等是必须算清楚的，因为所有这些明的暗的利、租、税少了，每个人自己可支用的经济资源就增加了。

不存在免费的经济，但绝对可以存在比当下或从前更合理、更人性化、更符合今人需要的生产与分配制度。

全球人口老龄化迅速，当下“智能”风盛行，这是好事。

实际上，人类的“智能化”脚步从未停歇，工业工程、人机工程（Human Engineering）、自动化控制……而社会的老龄化反映人道的提升，但使得人群面对劳动力短缺，并且还需要增加针对老人的服务。现在的智能化就更推向提供服务，减少家务劳动或提供方便，等等。智能化也给产品的客制化、个性化开了一扇门。虽不能完全取代人的作用，但机器人从事生产与服务绝对是必然的趋势。

科技不是问题，经济是大问题。量产可以降低成本，然后呢？量产机器人的产线，最终“创造需求”，那就会是“机器战士”！战争、毁灭、洗牌，是资本经济制度的“不言之秘”“不二法门”。人类历史已经以国家与王朝的形式轮回了5000年，如今再加个经济轮回。

“全球化”的国际理念，如果打破“国界”这个文化习性是为了人类升格为地球人，而不只是为了可以到处去赚钱，当然还不错。但以现行强调“自由竞争”“优胜劣汰”的教化，离全球大战只怕越来越近。

最终，今人必须面对西欧的经验与教训：

人为经济而活，还是经济该更好地服务人？

人为制度而活，还是制度该更好地服务人？

能源迷思

谈点更实在的：能源。这里集中讲电力。电力已经是大多数现代人类的基本需求，未来不会改变，至少我们现在还想象不到能怎么改变。

我们人类栖身的这个大自然，是很有意思的一个存在，在这个宇宙里，质跟能是等同的，而且，能量不生不灭，简直像佛教讲的“涅槃”状态。但能量表现的方式像变形金刚，风、水、核、木、石油里头都蕴藏能量，取出来、用以发电或驱动引擎，就得花人为的代价，经济学上就有个概念，叫作“成本”。能量是大自然天生的，但人得花力气、时间、投资、设计、建造，把发电厂先造出来，再把能量转换成电力，然后把电力输送到千家万户。

当下科技，有几种发电方式：火力（包括煤、石油、垃圾等）、核能、风力、水力（包括大坝、潮汐、深海等）、太阳能、地热等。各自有规模、成本、效率、应用，并都已形成各自的产业链。地球人越来越依赖电力，电力永远不够用。在电力问题上，前人从未掉以轻心，才有今天的便利。无论开源、节流，人们一直绞尽脑汁，除非电力够用。

这就是能源问题的核心：当下或未来，电力会够用吗？

人类经济活动赖以生存的食物是向大自然要农耕土地、水源、可吃的动植物种，而日用的器具则跟大自然索取林木、工矿材料、能源。由于人为制度的话语权和定价权的关系，现代世界的工业产值远大于农业产值，实际上，全球人均的能源消耗量，土地使用量，林产、矿产使用量，都是人类索取自然资源的指标。人均用电量，相当程度上反映了社会生活水平，各地区的水平当然不会一致。我们需要注意：人类文化的传承，当然是前代教化后代，文化习性的养成之中自然就包括了生活方式与生活水平，所以，人类每个世代几乎都至少站在前代的生活水平之上，承平日久之后，即便人口不增加，大自然的负担也会日趋沉重。

欧洲、北美的人口增长率很小，2010年以来，人均用电下降了一点点，表明要么工业制造外移、要么节能环保有些微成效。拉美与非洲，电力增长略超人口增长，从而维持低水平的人均用电增长。亚洲整体则电力增长大超人口增长，人均用电大幅增长，显示亚洲制造蓬勃、GDP强劲增长、平均生活水平有所提高。但全球人口总体是大增长的。

重点是：人们会拼命维持既有生活水平，尽管新增人口绝大部分在亚、非、拉美，这些地区的生活水平并没有降低，至少人均用电量都在增加。

全球人均用电量的增加跟城市化直接相关。集群到城镇所带来的生活的便利毋庸置疑，电力本身就是一大方便。目前，整个美洲人口的80%以上、欧洲人口的73%以上生活在城市，中国也已近60%，而整个非洲的城市人口在过去15年内都只占31%左右。彻夜的城市灯光，已可想象电耗情景。

这仍然是“经济增长率∝人口增长率”的特写。

新增人口的一生，都必须维持基本生计，都得获取自然和人为的资源。而每个世代生活水平的起点，就是前代建立起来的水平，成为生活习性的那个水平。

这不就是中国谚语说的“由简入奢易，由奢入俭难”吗？从而驱使能源消耗不断增长。

能源问题的本质是个“欲求”的问题。

当你只能晒太阳取暖的时候，火炉是更方便的欲求，当空调出来的时候，就欲求空调了。当小孩见识过树荫下、扇子、电风扇、空调的滋味，我们能希望或有权力规定他们必须采用树荫下或扇扇子来乘凉吗？我们不就是这样过来的吗？

环保跟经济的欲求绝对是矛盾的、不相容的。

所以，能源问题只有一个正解：科技。节能以及开源的科技。

能源科技，会成为未来社会或国家的“核心竞争力”。

节能科技有两大主要方向：

（1）电动车 VS 汽车

目前全球小汽车约 11 亿辆（中国占 15%），年耗汽油约 1.3 万亿升，平均每车年耗 1170 升汽油。按平均效率每升跑 8 公里计算，则每车每年提供约 9400 公里的机动便利。按每车平均重量 1.5 吨、每次平均携带 300 公斤（3 人及其物品）而言，有效利用的机动力仅为 17%。

因此，在行车安全的前提下，汽车业的核心竞争力除了更有效率的机械传动设计之外，就是研发减重而又强固的轻型材料。目前的保险、行车等相应法规涉及太多隐形的利益，理性地说，开车绝不是为了碰撞，更不是为了时髦，法规的设置不应为了少数爱酒者、爱飙车的变态者而让大多数理性的驱车者分担成本。理性地开车应该成为公民的基本教化之一，对犯事者除刑责外，必须剥夺其机动力一段时间，以回复其对机动力的理性：汽车，不就是匹机械小毛驴吗？爱速度感、爱飙车，去赛车场玩儿吧。

汽车真正的问题不在于引擎，它借燃料（汽油、柴油、酒精、瓦斯等）推动气缸、直接取得动力，能量转换为动力的效率可达 80%。但这个动力必须经过一大堆复杂的传动机构才可到达轮子，使之转动，而整个传动机制的效率才 20% 左右。换言之，从能源到机动力，效率一般不过 16%，特别是在市区里低速运动，又经常需要刹车，可能连 14% 都不到。而所有的能量浪费，都因燃烧燃料而化为二氧化碳排放。

电动车，用电力直接推动电机、取得动力。当然，发电厂的机组也得燃烧燃料、推动蒸汽机轮发电，这个效率难得超过 40%。但电机不需要复杂的传动机制，甚至可以直接转动轮子，所以，传动效率一般可达 70%。换言之，从能源到机动力的效率，电动车可达 28%，在市区内和在高速公路上区别不大。综合计算，电动车比汽车节能一半，所以排污也仅为汽车的一半。

无论出于环保或效率原因，电动车应该是一个发展方向，但这里牵涉既有的汽车业与石化业的利益，阻抗、忽悠、炒作是必然的。因此，电动车更须减重并提高电机系统的效率。而当下的汽车产业搞“混合动力”汽车，加装一套电机和蓄电装置，大大增加了车重，不但不节能环保，反而加大能耗，完全是反其道而行之。

（2）半导体照明，LED

人类从狩猎时代到农耕时代，数百万年，基本上“日出而作，日落而息”，对照明的需求并不太大。文明之后，集群化规模越来越大，从村落演化为城市化，照明成为另个习性。火把、油灯、蜡烛、电灯，一系列演化，成为生活必需品。古早的照明不必多说，就从电灯泡说起。

20 世纪开始普及的传统白炽灯泡，效率约 12 流明 / 瓦（也就是 100 瓦电力可给出 100 烛光照度），由于量产容易、技术门槛低，所以价格低廉，迅速成为民生日用品。但相当耗电，1 度电只能维持点亮 1 只 100 烛光的灯泡 10 个小时。

于是有了节能灯泡，荧光灯泡（就是变形的日光灯管），效率一般可以做到 48 流明 / 瓦，跟同样照度的传统灯泡相比，只耗电 1/4，以节能灯取代白炽灯，整个社会花在照明的电力可以节省 3/4，这是很大的节能效益。虽然节能灯泡是传统灯泡的 10 倍价格，按平均每天需点灯 8 小时以上，就使用者的经济账而言，那节能灯所能给出的、针对照明需求的成本效益，还是比白炽灯强。

这样，我们可以看到节能的一个亮点。

以欧美日为例，城镇、公路、大楼、广告等，彻夜灯火通明，这些“发达”地区的照明需求非常大，占到地区总电力的 20%—25%。我们没有精确的统计数字，但发达地区已经比较节能，也许整个发达地区照明的能源效率已经近于 35—40 流明 / 瓦。但广大不发达地区则是 15—20 流明 / 瓦，因此，可想而知，不发达地区的照明欲求会相对克制，而即便如此，依然有 10%—15% 的地区总电力用于照明。

所以，LED 照明是人类节能的必由之路，因为光效可达 80 流明 / 瓦。

当然，照明是人为的经济需求，科技必须使 LED 灯的性价比优于现有的节能灯为主的照明方式，不然社会没有经济理由来采用 LED 照明。

虽然 LED 技术已经存在了半个世纪以上，偏偏针对天然的日光而演化出来的人眼珠，对太阳光谱（红橙黄绿蓝靛紫）是非常敏感的，比如，蓝光成分高了就对视觉健康有害，所以，就得规范用于民生日用的白光 LED 灯。以美国为例，包括加州在内的许多省级立法，已经规定白光 LED 灯泡的显色指数 CR 不能低于 90（规范蓝光的成分要近于天然阳光）。这些具体要求，成为 LED 照明的主要性能指标与门槛。

就发达国家而言，LED 照明的性价比的“性能”部分除了 CR ≥ 90 之外，还有效率，这当然不能低于现有的节能灯（节能灯的 CR 也是不达标的，换言之，大量今人的眼睛已遭荼毒），不然还节什么能？但这正是 LED 照明的强项，应该相对容易做到 80 流明 / 瓦以上。规范与规格都明确了，剩下来的就是成本账了。

这样，按目前美国的照明规范（CR ≥ 90、光效不低于 80 流明 / 瓦），则普及化 LED 照明可以节省发达国家总电力的 10%。同样的规范若成为全球规范，对不发达国家而言，更节省该国总电力的 7.5%—12%。

因此，LED 照明应该可对当下全球节能 2 万亿度电 / 年。

边界条件是：公权力定下严谨的规范 + LED 产业严格照章执行。并且，LED 灯价位还不能过高于节能灯，性价比自然突显而被大众接受。

LED 照明所节约出来的电力，足以支撑电动车的开发直至其性价比足以自然淘汰现有的汽车机动模式，何况当下的人工智能应用已经开始涵盖智能电动车（无人驾驶）。

（3）新型能源

开源科技方面，人们正着力研发“新能源”。

不过，除了发电本身的性价比之外，还得考虑配送电力到使用点的技术。所以，发电技术、蓄电技术、电力输电技术、维修方便度，都是“新能源”电力性价比的重要指标。

比如，电网没覆盖的偏远地区，小型风电或太阳能电力板等加上小型蓄电装置，无疑可以成为太分散的使用点的便捷电源。大型风电站可以起到电力挹注的作用，这当然需要精算性价比，才可验证是否存在经济性，太偏远的风电力或其他电力都会因电力输送成本而变成不经济。任何人为的扭曲如政府补贴等，最终拗不过经济理性，欧盟等奖励私人太阳能电力的措施最终崩盘，是个显例。

比如，太阳能发电成本仍然是现行电价的 3 倍。除非太阳能发电技术量子飞跃、把成本降到跟现在电价同个数量级，不然它就是个“不可持续”的能源，就只能用于不方便获取电力的分散点的应用。

风力、潮汐、深海、地热等的新能源发电，道理是一样的。发电本身的成本，加上输送到使用点的成本，决定了这些技术能否大行其道。即使未来加上对其大大有利的“生态成本”考量，也不会改变其现有的应用及其经济规模。

未来，分散点的应用，比如手机、电动车等，蓄电技术当然成为重点。

当下电池技术已有长足进展，性价比会不断提高。

因此，在可预见的未来，人类依然会相当依赖火力与核能发电。目前，全球电力约 62% 由石化能源提供，这是排污的能源。不排污的清洁能源中，核能约占 16%，可再生能源共约占 22%（其中水力发电占 16.5%）。

对发电技术而言，石化能源与核能都只是燃料，发电本身靠燃料烧出高压蒸汽、推动涡轮、带动发电机组，能量转换为电力的效率，依据不同的设计与规模，大致平衡在 40%。这是热力学原理的限制，今人可以继续改进的余地并不大，发电厂性价比的提高，只能针对安全性与环保性下功夫，在核电的环保与火电的安全之间抉择。

这里便彰显出核电的特殊性，它是不排污的“清洁能源”，不过，它的安全隐患着实让人头皮发麻：

开汽车，失事率相当高，每次伤亡数人而已，然而每年死人以万计。

开飞机，失事率极低，但每次死人以百计，每年死人还是以百计。

核电站，失事率比飞机更低，但每次的伤亡可以是十万、百万数量级。

核电不排污则已，一排起污来就不得了：有些辐射污染是长期的影响。这就涉及核工业的习性与利益了：现有核电站的燃料是用铀的核裂变。核电最初在美国发展，当时是个一鱼二吃的经济考量，仅仅为了核弹而浓缩铀，这样的军工成本未免昂贵，拿低浓度的铀去搞核电站，吃完这道，再在核废料处理时浓缩，依然是军工的宝。

目前全球运行中的核电站391座，成了几千亿美元数量级的产业，巨大利益之下，转型谈何容易？但铀核废料堆积如山，辐射污染是亿年数量级！核废料的难以处理，成为核电产业制造出来的环保问题。

今人其实有解：以钍取代铀，钍核废料的辐射性100年内便能消除。要堆积100年的废料的处理，总比要堆积1亿年的废料处理容易。

因此，钍电站，会是个“新能源”的大宗与突破口，直到人类突破核融合发电（这也还有很长一段路要走）。重点是，必须摆脱既有铀核电产业的阻抗。

以上，今人面对能源问题，西欧的经验和教训是：

增加能源的利用效率，前人已近于极致，今人只能在节能上有所发挥。减少对自然能源的攫取，保护环境，势非有效控制人口增长不可。

科学与技术，只能助人类理性化，人类的欲求问题要人类自己解。

生态迷思

当下全球人口近75亿，发展很不均衡，但全球生态已经拉起警报。二氧化碳排放量过大而引致的地球暖化仅是一个信号，另一个信号是日益枯竭的淡水资源，还有一个信号是人类引起的动植物种灭绝。

天下毕竟没有白吃的午餐，每一个存在的“人”都是需要以自然资源为代价来供养的。今人其实面对的是人口压力下的环保、生态问题。

生存、繁衍，原本就是生物的基因本能。进入农耕文明之后的人类，集群更大，生存更有保障，而古老的东亚、西亚，乃至中亚的农牧人群，性器官崇拜相当普遍，本能确实驱使前人多生多育。但18世纪之前，人力与畜力是唯一可靠的动力来源，所有的创造、发明，长期围绕农耕与手工业转，技艺的增长很有限。

全球目前耕地约18亿公顷，其中10%左右用于经济作物（水果、咖啡、茶、黄豆之类），占全球土地面积的12.8%左右。基本上，这些农地大多是农耕文明以来从林地与草地改造为耕地的。但农耕还远远不是森林消失的主因。由于人类居住与燃料的木业需要，森林长期被砍伐。学者们估计在农耕文明开始的时候，地球有近43%的森林与林地面积（60亿公顷），目前还剩约28%（39亿公顷），其中还未遭人类染指的原始森林面积缩小到10%（14亿公顷），而且林地正以每年1300万公顷的消失率流失。当下全球仍有20亿左右人口是以木料为日常燃料的，但许多是用的再生能源（枯枝、禾秆之类）。实际上，大规模集群化产生的城市人口的桌椅板凳、门窗地板、屋顶建材等等，“消费经济”才是森林流失的最大原因。

“城市化”即“文明”，进入科学文明后，全球城市人口所占比例一直迅猛增长：1950年是30%，1990年是43%，2007年达到50%，目前是54%。但1960年全球人口是30亿出头，2000年突破60亿，目前75亿。人均消耗的所有自然材料，木材、钢铁、铜、铝、石油、粮油、棉花等无不随城市化脚步而迅猛增长。

我们这样兜了个圈，问题依然指向：“地球人满为患！”

人口的食与用的数量级本身，就是个生态难以平衡的因素。

我们的老祖宗们，人少的时候，狩猎为生，打到什么、挖到什么，就吃什么。集群农耕之后，人越来越多，人驯化的动植物种（基本上也是基因工程，只是结果慢一点出来）也充斥世上，今人吃的猪牛羊肉都不过寥寥几种，谷粮也类似，数千年不怎么变化食谱了。倒是跟人群一起寄生的鼠、蟑螂、苍蝇、蚊子、细菌之类，托人类之福，繁衍得比人还兴旺发达，而且变异多多……

自然生态原本自有其天然变异率。当物种集群化大到一个程度，比如城市或养殖场，密度与数量高到细菌得以从容地变异出“绝症”并且还可以跨物种感染。禽流感是大家已经熟悉的案例，现在追溯，大概是从规模化的养鸭、养鸡场开端的。

疯牛病、口蹄疫也来自大规模养殖场，因为舍不得丢弃屠宰后的牛、猪的骨头内脏，通通碎化、混进饲料里、喂给同类吃，经年累月，几代下来，就出现了这些怪病。这些都是在人造环境的边界条件下发生的自然案例。

而在大自然里生活的鸡鸭猪牛，即便集群，密度与数量都远小于人类的畜养，难得成为细菌演化的实验室。人造的生态环境，结果便宜了病菌。没办法，为了经济，人类促长城市化之余也促长了肉蛋来源的动物的大规模饲养，从而导致这个结果。

这些生态问题，引发今人再思考：

"城市化"真的是人类需要专注的"文明"吗?

"文明"可不可以不完全等于"城市化"?

或者，今人的"文明"是否应该给集群化或"经济化"设限?

比如，也爱吃猪肉的德国人，现在就有些德国人提倡吃原生的猪物种，网上资料显示，森林资源丰富的德国可以吃到近乎百种不同的猪肉!

大规模畜养动物还有一个人类始料未及的问题：为了经济利益，必须维护一个清洁的畜养环境以保证肉蛋的品质，这当然需要相当大的成本，于是厂商走捷径，在饲料里混搭抗生素与生长激素，天天喂食，以求不生病，迅速宰杀，转换成利润。结果，量产的肉蛋里的残余抗生素和激素全都被吃进人体，引发各式各样生理疾病。

20 世纪 60 年代的美国人已经注意到，他们的女孩 16 岁就相当性成熟，到了 21 世纪初，社会调查显示，13 岁已经开始性成熟。而青少年的过肥、血脂或血糖过高等，已经成为趋势，尤其在低收入阶层的比例异常突出。这些前所未见的社会问题扩散及于全球，原因与麦当劳、肯德基等平价速食店将大规模饲养出的肉蛋，搭配可口可乐等甜饮，再大手笔地打广告、树“品牌”，以供应大量“顾客”不无关系。

地球人满为患，其中的“患”中之患，是“人”的因素、制度的因素。

西欧引领人类社会进入科学与技术的文明之后，迅速解放了人力经济，开始扩大对自然能源的掠夺，生产方式与资本经济制度大跃进，经济与人口都增长，竞争性与侵略性也平行增长，战争比农耕时代更为频繁。但由于科技进步太快，人类生殖率与存活率都大大提高，尽管战争的规模与破坏力越来越大，发达国家人口却难得锐减，反而是经济因素越发使得城市人自觉地约束生育，因为养育后代越来越成为难以承受的经济重担。这似乎是个经济上的“自然平衡”，为了享受现有生活水平，宁可抑制繁衍的本能。可惜这个规律对第三世界不管用，那里的经济，天生天养，而且多生多育是对繁衍的保障。

前面专注谈能源问题，其中，真正完全清洁而无安全隐患的风、水、阳光、海洋等可再生能源，目前，占到总电力的 21% 而已；核电约占 16%；火力发电目前是人类电力的大宗，占 63%，主要以燃烧石化产品为主（61%），近年来可再生的生质燃料逐渐占到2%的份额。但每个火电厂都会排出百万吨计的二氧化碳气体，这是现在必须专注的生态问题之一。

当下，火力发电厂的能源转换为电力的效率在40%左右，每年为世界提供近15万亿度电力，其中，燃煤发电8.7万亿度，燃气发电4.8万亿度，燃油发电1万亿度。一共要烧掉26亿吨优质煤（产生约86亿吨重的二氧化碳，合约4.4千亿立方米）、1.2万亿立方米天然气（产生1.1千亿立方米的二氧化碳），以及2.1亿吨石油（产生约300亿立方米的二氧化碳）。当下世界大气二氧化碳浓度是400ppm左右，大致是人类工业革命开始时候的1.4倍，而目前一年的增量超过以往十年的增量。

这里显然还存在一个连锁反应。虽然许多国家已经立法，以人工林地再造被砍伐的森林，但今人仍以每年0.3%的速率流失森林面积，人类依然渐渐失去无可替代的天然固碳资源——森林。因为绿色植物吸收二氧化碳的同时还产生氧气与养分，这意味着，森林的减少不单只积累大气的二氧化碳浓度，也会减少大气的充氧量。彼消此涨，尽管尚未到达临界点，但生态浩劫正在向今人的后代逼近。

姑且不论有限的地球石油或煤炭资源，至少在电力能源上，任何形式的石化类能源之不可持续，已经不用再更多论述了。在今人得以更大地开发风力、水力、太阳能聚热、潮汐等真正清洁而可再生的能源发电之前，唯一能够取代石化能源发电、抑制大规模二氧化碳污染源的，非用核能发电过渡不可。这样，核废料问题就必须解决，目前唯一浮现的解只能是钍核电站，当然，核安全问题也必须万无一失。

今人解决能源问题的同时，还必须重造森林以消化已经积淀在大气的二氧化碳含量，这些已经不是单纯的经济问题。200年来的资本权利制度，以利益驱动模式打造了当下的世界，如果今人改以生态驱动模式，或许可以把世界恢复为人类的绿色家园，高科技的绿色家园。

今日世界的生态警钟不止于二氧化碳和其他的大气污染，其中，森林消失所引致的物种灭绝，对人类所赖以生存的自然环境的影响，人们尚无法数模化一个模型来检视其长期趋势，但肯定是环境变异的一个标志。

而淡水资源的衰竭可就是今人已经面临的另一个生态浩劫。

水污染的问题比大气污染更为复杂，简单地说，主要是人类化工业引起的，类似二氧化碳增加主要是人类发电业引起的那样。

全球目前每年施肥2亿吨左右，只用掉化肥厂80%的产能，而过去10年的施肥年增长率近于2%，但施肥量已经是20世纪70年代中期的8倍。施肥当然是为了高产，现代农耕不用化肥农药就高产不起来。明清时期中国粮食亩产量230公斤，已经是化工业兴起之前人类精耕细作的极致，现代中国粮食亩产量则可达600公斤，创造了现代农业的奇迹。

由于灌溉和雨量的冲刷，大部分化肥与农药流入江河湖泊，在流动过程中形成含毒的水体，并最终沉积在溪流、河床、湖泊以及河道入海口的扇形冲积海床，形成含毒的淤泥层。农耕，加上其他工业的污水，地球上的淡水资源几乎被毁坏殆尽。

几年前，美国加州的旱地农作地区发生了呼吸器官的“疫情”，引起医疗机构紧急关注，人们骇然发现，并不是疫疠，而是“中毒”，因为旱地缺水，半个世纪以来的施肥、洒农药，不断积淀在农作地里，干旱所扬起的灰尘越来越毒，终至于成为毒尘，堆积在人们的呼吸器官导致中毒。

这样，我们依然又回到了跟经济与能源同样的窘境：

今人面对人造生态的问题的背后，仍然是人与经济制度的问题。

天下当然没有白吃的午餐。

既然要跟环境索取资源，就得给大自然足够时间“再生”。

未来迷思

“人的现象”是很有趣的，人类是仅有的喜欢推测、计划、组织的有意识、有意志力地要去完成一件事的生命现象。说是太好奇或太爱玩，均无不可。

未来，就是人们又好奇又期待的那么一件事。

未来会变成什么样？这当然要有个值得去预测的前提。

如果我们知道不久会发生影响甚至毁灭地球的天体事件，那样，预测与意志的发挥，一定会转向不同的专注点。但发生这样的事件的概率确定是存在的，这么说吧，我们已经知道，地球生物大灭绝事件发生过好几回，哺乳动物就是上一次陨石撞击的幸存者。天体事件的频率不高，假设1亿年一次（只能假设，因为人类开发出科学的智慧才300年，目前还没足够数据去统计天体事件的频率），到下一次还有3000万年以上时间。但是，超级火山爆发的毁灭性也不小，发生的频率可以算得比较准，因为已经有火山学。比如，美国黄石公园超级火山，推测是60万年—80万年大喷发一次，而目前已经65万年没大震动。

这些当然不是“益智游戏”，无非会使我们的专注点有些取向，或许也应该针对那样来计划，人的现象毕竟是必须适应于不可控的大数量级的地球现象里的一个存在。如果不能存在了，未来还有什么“意义”？

这样，让我们暂且相信地球演化出“智慧”不会白搭，让我们相信我们的智人之智，可以引导智人后代安然渡过必然会发生的下一次生物灭绝事件。让我们来玩玩：预测一个可以存在的“未来”的游戏。

面对最终无可逃避的太阳系的终结，人类还有十亿年数量级的时间来演化出星系移民的壮举。但超级火山大爆发是目前更紧迫的风险，如果真的发生，之后残存人类的生存方式会是个更实在、更迫切的、今人可以组织与规划的未来。这当然是假设今人迅速学会和平共存的智慧，并确实合作，改变现有制度下的经济与军备竞争的自我毁灭的趋势。人类自我毁灭的风险系数并不比地球事件的风险低，这样的认识，有助于我们超越基因的私性，真正理性地面对人类共同的风险。

人的现象，业已演化到出现了科学理性的智慧。

可以说，只要我们知道真实的问题所在，解决的办法也就含在其中了。只要我们知道真正所要达到的目的，改进的办法也是含在其中的了。

大自然告诉我们：基因只会一味复制自己，没有哪个生命是为其他生命活的，花粉跟蜜蜂共生，有刺或有毒植物跟吃它的动物之间或猎豹跟羚羊之间的攻防，等等，这并不是大自然的“智慧”，而是生命演化的自然状态，生态，不过是生命世界可以存在的一个平衡状态而已。人类历史则告诉我们：个体生存的私性与群体延续的群性，是并存与统合在基因里的矛盾本能，集群的规模大到一个数量级的时候，组织管理分工与分配，自然就产生权利制度。但无论政权还是金权主导的人类权利制度，都不满足演化功能，恰恰相反，权利私有产生的权利世袭是违反演化的。现代社会需要乡村的农产品，也需要城镇的工业产品，但权益集中在城镇。科技时代更加如此，可是手机并不能当饭吃。

人类的未来世界无疑是科幻化的，但我们当然不可能设计演化程式，因为确实不知道大自然将如何变化。我们也不可能为千年、万年、亿年的未来而生活，因为所有生物都是“活在当下”的，生存、生活好了，才有闲工夫去为后代子孙设想。

但既然已经知道的事，也不可能当作不知道，至少得为自己这个物种规划规划吧。目前能看到的问题，大致是：

（1）第三世界与第二世界共占全球90%的人口，信息是没有国界的，知晓“上层”10%的人的生活水平，自然要努力“接轨”，但在资本主义制度下，他们唯一可选择的经济增长之路便是增长人口以获取“人口红利”，用现有的不环保的办法向大自然攫取更多资源，加速破坏生态环境。所以，人类必须切实地从资本经济转向生态经济，全球一盘棋地制定游戏规则。

首先从已知的任何会影响生态的资源运用入手，比如，林木产业（家具、纸张、建材之类），必须科征“生态税”，并监督、责成伐木厂进行人工造林（不得少于伐林面积）。同样，对矿业（煤、石油或其他矿产）也是一样，责成其以固碳数额为准进行人工造林面积或其他有效节能产业的开发。第一世界生活水平的维持，必须不以第二、第三世界的经济增长为代价，更不能以地球生态为代价。

未来世界，生态经济必须成为话语权与定价权的基础。

这当然很难，当下是资本经济制度当道，金权是最高权利，但人类恐怕很难这样再熬过100年。如果以当下的数量为准，只要每年平均增长1%，100年后就是当下的2.7倍左右，即使按当下全球的人均电耗水平，100年后的200亿地球人需要60万亿度总发电量。然而当下全球人口增长率是高居1.5%左右，百年内可望降到1%以下，而即使控制到平均0.05%增长率，百年后也是124亿人口，39万亿度的电力需求。可以断言，按照现在的经济制度施行下去，百年内必发生大规模的人道崩解（战争），甚或人类的自我毁灭，除非人类文化及时变革为理性而不是利欲主导。天下毕竟没有白吃的午餐。

（2）当世间的乡下人无论多么努力耕作，不施肥、不洒农药、不用基因公司的种子就无法量产足够粮食以供养自家与城里人的时候；当人类喝口净水、吃顿无毒餐都得费劲张罗的时候；当世间的城里人一心只想赖在城里，无论做什么都只图方便、视为当然、完全不疼惜大自然的馈赠与劳作者的供养的时候；当这些数据都公布出来，而人们仍然无动于衷的时候……这样的世界是不会有“未来”的。急功好利，只图明天的利益，哪里还需要未来？

未来世界，科学的理性必须成为全球的基础教化。

人类的教育体系，5000年来一直是权利阶层主导的，因为社会秩序的维持，规矩的制定，伦理、法制、仪式等都有维权的目的蕴含其中。唯一没有人为的目的、没有利益导向的教化，只有科学理性，求真，真实到严谨地摊开全部数据说话，让人们自己感受，让人们的自然人性发作。天然的人性，都是满足生存、护育后代的，应该可以经受过多的经济诱惑以重建生态家园。

这当然也难。目前，第一世界的教化依然不够理性，原因在于心盲。太多金权文化的干扰，资本经济的利益心、国家、教会、时尚等，使得教化出来的人的认知与行为失焦。所以，生态经济还必须制度化，成为教化的主要部分。

（3）这里，存在一个人类历史的经验：知识、工艺、管治、交易中介等技能，既然是众多人脑的积累成果，可以私有，也可以公有。但各地的人类历史经验都是，王权将管治权化公为私之后，庇荫神权、官权、金权等私权，一起拉拔起农耕时代的人类繁荣，才有国家、教会、工商等强固的文化基因传承。现代，私有的金权隐身在背后，支配政权、官权、教会、科技、工商，拉拔起更大的人类荣景。演化当然不可能从头来过，但如果一开始就走了公有为主的路呢？前面已经谈过，公有其实是众多的小私有，给私有资产设个顶盖自然就越来越公有了。

重点当然不在于起点是私有或公有，演化相当随机，制度本身自然会演化出生存之道。从前地球人少，资源相对丰富，私有的农耕和交易与掠夺还能让近代的第一、第二、第三世界并存，虽然不均，也存在了200年。然而，现在地球上的人太多了，自然资源相对少了，按目前的金权模式，确定是个不可持续的、地球无法承载的运转。

地球的承载极限，其实有蛮多数据，人类历史经验里的上一回就发生在17世纪时段，当时全球突然间歇性地变冷，中国与欧洲都发生大饥荒，中国经验便是清朝取代明朝、人口锐减1/3。这个教训是，地球大环境并非一成不变，受制于诸多宇宙事件，未必能够按我们的习性去承载全部物种无休无止的繁衍。

以目前人类知识的数量级，我们还无法预测宇宙事件的发生。

不妨议论一下。

如果是上回恐龙灭绝的那种陨石撞击的规模，瞬间，几乎电力全毁、人类城市通通变成废墟、生物物种也大规模灭绝，恐怕只剩一些没全毁的丛林深处以及一些海洋还有生物幸存。即使有智人幸存，恐怕得真的从头开始演化，因为，遥远的部落完全没有现代的知识，看见废墟，他们也无法想象电力是什么东西。

如果是地球回到冰期，则赤道之外地区会类似目前北极圈内的景象。而如果地球回到几亿年前的暖和状态，陆地面积会减少 1/4 左右，目前海拔 60—70 米以下的地区都会泡在海水里。无论变冷、变热都不会瞬间发生，人口会自然迁徙，而耕地面积大减，粮食供应会成为主要问题。

这些“极端”的案例，包括超级火山大爆发，通通发生过！如果再次发生，轻则人类社会崩解，重则人类濒临灭绝，那时一切人为的秩序与资产或许归零，人类只剩仅有的资本：智慧，学就会了的“智慧”。所以第一世界的“人”必须不仅只是“经济动物”，要勇于扩散智人之智，教会第二、第三世界，这才是打破人为框框的根本，并且也符合经济学的自由竞争原则。

限于第一世界长期以来的交易 / 掠夺习性，第二、第三世界有必要很人性地努力互相扩散一切已知的知识与科技，毕竟知识、工艺与设备的真正成本并不高，高的是利润贪欲。第二、第三世界也只能透过学习知识，打破或缩减第一世界的垄断门槛。

这是保全人类的大事，因为如果真的发生意想不到的宇宙事件，目前完全依赖电力存活的城市人口的生存率几乎可以忽略不计。而第二、第三世界也必须理性化到控制人口增长，地球生态恢复得越自然，未来人类越能在各种大自然环境中以智人之智延续物种。人类的未来，绝对依赖分散而高知识的人口分布。

不清楚特斯拉Tesla电动车公司的马斯克（Musk）先生的理念，他有专利但公布方法学，打破知识垄断的陋习，应该不会仅仅是自负而已。美国加州硅谷充满人文理想主义的氛围，很可能马斯克就是那样一位当下世代真正突破性的英雄：知权，还给社会，“我”的知都源于“他”，知、智，是全人类的！当然，今人一定可以理出一个跟现有制度接轨的过渡办法，马斯克不也钱照赚、理念照样执行吗？克制一点贪欲、多一点理念而已。

未来世界，私有制必须设置资财上限，集群社会才有存在的意义。

现代金权的资本主义制度，资产私有全无限制，而公司“法人”甚至连寿命也没有限制，不但富可敌国，且寿亦可敌国，连各级政府也“公司化”，管治官僚集团都吃香喝辣、膨胀自肥。实际上，稍微平均的经济私有制，现代话语叫作“中产阶级”或“小资产阶级”，才可保障政治与社群的共生乃至与地球生命物种的共生。

（4）人类历史走到现代，王权基本不存在了，政权连同工商的私权，都被隐身的金权资本取代，这里存在一个误区，政府与法制虽然维的是金权，人权也有所提高，唯一欠监管的是执行者官权本身。体制是需要人去执行的，而落实管治的大小“官吏”都是“人”，也都有私心私利，怎么办？

没办法，只能严刑峻法。贪腐一经查获，必须籍没其所有关联的私产，超过私有制法定上限的，依法惩治（目前无此立法，但必须立法）。

比如，华尔街的资本操作，本质上是金权，而且拿的是公众投资的“公款”，由于不是“官”，自定游戏规则，上至总裁、下至职员，通通吃香喝辣，自肥到平均数十万美元年薪，除了将社会财富搬来搬去，对实质经济不但一点贡献都没有，还三番两次地引发“金融海啸”。这是体制性贪腐最恶名昭彰的案例，迄未能改，因为于法无据！资本经济制度，钱就是老大，虽然不是他们的钱，但是他们“管理”的钱。这伙人等于拿公款赌博，赢了分红；输了一拍两散，投资者倒霉。天下就有这样的好事，怎么还能教育年轻人辛苦去创新突破、搞实体经济？人人都行险侥幸，赌一把了事。

现代官僚连出手赌都不必，出卖信息、关系，卡住图章，就够了。西欧的法制相当“透明”，但繁文缛节，没有“专业”的律师、会计师平常人是看不懂的。美国目前这两“师”的“服务产业”高达千亿美元数量级的 GDP，外加每 8 个纳税人养 1 个吃公粮的人，社会成本基本上算高的。但即便西欧实施编制法，官僚膨胀自肥的程度依然可观，全球官僚的铁饭碗制度保证了这个体系的臃肿、低效、无能。

未来都无须考虑 20 亿年后的太阳系末日，那时如果人类还能幸存，除了星系移民之外，就是这个太阳系生命体的终结。今天离那个期限太遥远了，遥远到按现在的智慧去想象是无效劳动。今人能做的，无非是尽可能保障后人的后人能存活到那个时段。按我们现有的智慧，人已经是万物之灵，不但是生物链的最顶端掠食者，也是地球资源的唯一掠夺者。人类唯一的“敌人”就是自己，只有人类可以灭绝人类，也只有人类可以保全人类甚至保存其他物种。这样，未来的时段就不是20亿年，而是百千年之内的事。

为了集群生存策略而演化出来的人性，原本除了竞争、互斗的私性之外，也具备协作、趋同的群性，今人更学会科学的理性，没有理由不能共同构建一个可以持续发展、控制人口数量的全球社会，并使未来的人类社会可以面对必定会发生的地球与宇宙事件而不至于灭绝，比如，分散过度集中于城市的人口、确保森林面积以及物种生态、确保所有地球人的科学教育，等等。

信息与智能

当下的21世纪可以确定是信息与智能的时代。

信息与智能都是人的现象，今人面对的“信息爆炸”和“机器人演化”算是人的问题，还是机器的问题？

这里先说几个状况，作为提醒：

（1）信息相当自由地传播了，但网络平台不可能是石头里凭空蹦出来的孙悟空，谷歌、微软、百度，各个电邮、网站等，都需要庞大的硬软体与专业人员的维持，天下没有白吃的午餐，人们信息自由与网络方便的背后，是什么代价呢？

答案：除了付费之外，人们还付出了隐私与安全。

原因：人造的平台系统，无论上电脑或手机，也无论上哪个网，所有进出的信息、数据，包括日期、姓名、电话、地址、采购、支付、资讯、交流等，一切信息和数据，理想是天知地知你知我知的，但这里的“你”，除了网站还加上电信公司，并搭上人们所不知道的黑客（黑白两道都有）。只要启用电信或上网，就没有秘密可言。

后果：你的隐私是这样流出的。

第一，这些平台公司总有数据库维护人员，不法员工就盗卖数据给白道（推销员）和黑道（诈骗者）。

第二，不法黑客就不必说了。不然那么多的诈骗、广告、骚扰是怎么来的？

这是信息时代人们自由与便利的代价：失去隐私，没有安全保障。因为至少要曝露自己的一些基本信息，成为电信和网络公司的“大数据”，而今天的“大数据”是可以拿来敛财的。

由于这是新时代的新状况，目前连美国也无解，中情局、安全局、调查局、警察局，甚至黑客队伍，加上无处不在的监控（摄像头、登记、注册），信息联网使得公家和公司对人们的控制更加严密。

这里，却如实反映了“法律”的暗面：人类社会的立法维权，维的是权利制度的“权”，“规矩”都是向着官僚与金权（两者统称“白道”）倾斜的。黑客不见得都是坏蛋，维基网坚持要把公家的一切信息公诸大众，因为供养白道全是纳税人买的单。而斯诺登更以身犯险，挑战白道，公布白道违法收集的信息与资料给人民知道。他们不愧为对社会负责的“良心科技人”。

利益驱使下的网络犯罪、信息犯罪大量存在，这是现实。

然而，没有隐私与安全保障的社会是谈不上“自由”的。

这会是今人最严酷的试炼之一。电脑化、电信化、网络化、信息化、数据化、智能化，通通是今日社会的象征，我们拥抱这科技板块的同时，目前除了严刑峻法之外，实际无计可施。

（2）媒体、广告，如今也算有“信息产业”的成分，都电脑化、电信化、网络化了。如果你觉得网络消息乱哄哄，真假莫辨，犹可小心求证信息来源；而上网销售假药、烂货，自然算是诈骗；但媒体、广告呢？媒体、广告的有组织的欺诈呢？

举两个有名的案例：

20世纪70年代，美国的一个诺贝尔奖得主坚称地球变暖没有“科学依据”。此公退休后，烟草业巨资聘他“游说”，大量散发吸烟与肺癌无关的信息，阻挡禁烟立法，当然仍用老招“事出有因，查无实据”。在利益的驱使下，美国的环保与禁烟运动被推迟了至少30年，受害无数。美国政府迄今仍在环保政策上摇摆不定。

德国大药厂用钱收买医疗公会，公布不现实的“健康标准”，许多德国人在错误信息的引导下，天天服用降胆固醇药，每年浪费十亿美元数量级的药钱。能够知晓这些案例，得感谢勇于揭露弊端的有良心的人。这些弊端显然不是科技的错，是人的因素，权利制度造成的，反映了人性为了利益而无所不用其极的一面。

当然，我们学到更多：

数据、信息 ≠ 知识，这两个案例都有显赫的专家带队，也都提供了数据，但都故意做出“软化”真相的推论。这其实说明了另外一个人们不大注意到的事实：人的现象里头，由“数据”到“知识”的程式，其实是人脑加工的。

知识 ≠ 智慧，无论什么制度，都是塑造人性的模板。资本权利制度下的人具有趋利的习性，于是“有钱能使鬼推磨”。谬论与伪知的散布在这两个案例中都是依赖现成的报刊（甚至学术期刊）、网络等媒体炒作的，各种利益交易的目的就是扭曲人脑的认知。

这两个案例并不独特，美国的糖业公会长期“游说”，跟①案手法很类似，之前曾爆出哈佛教授为了蝇头小利而压下糖分会影响心脏的报告，以致糖分几乎成为美国食品的最主要添加成分，从而使得制糖业过去 50 年间大大获利，危害了好几代美国人的健康，而在全球流行美国风的情况下，全球受害者不知凡几。权利体制的要害在这些案例上突显无遗：当然没有任何人犯法，法是权利阶层定的嘛，尽管危害巨大，当然也没人受罚，跟“窃钩者诛，窃国者侯”一样的道理。

但必须辩证地说，最终捅穿权利体制要害的，依然还是信息网络。信息与网络，都是人在使用的，有利欲熏心的人，也有有良知的人。

（3）作为统计、分析的手段，大数据无疑可以提供对事物更详尽、深入的理解，是电脑与信息技术了不起的应用，也是广告业与咨询业的新宠：每个人的行为都可记录成“数据”，无论你是否知道自己被记录（所以才有隐私权与安全保障的问题，这个数据的归属权是现代法律的头痛问题），而大数据支撑下的解析，使得行销已经成为对社会、个人、心理、行为的相当精准的预测与设计！行销可以“客制化”到算计每个人的钱包。

科技使得社会层面的大数据可以相当轻易获取，从人群中精确辨识个体的技术也已近于成熟，算是“人工智能”。实际上，从硅谷制造出半导体、集成电路、CPU 开始，一切自动控制的电子化，都是“人工智能”领域。大数据的获取、积累、解析、应用，当然少不了人的智能，包括意图、逻辑、推衍、手段和目的。近来，认识到大数据的厉害，年轻的美国历史学者发起“历史学宣言”，意图整合一切知识，让人类历史挣脱任何话语而回归真相。事实上，经济学、政治学、社会学甚至哲学，都有同样的必要，以挣脱 200 年来资本权利制度下急功近利的短视习性，也挣脱 5000 年来人类在国家与权利话语下的偏见。科学地说，人类面对每个领域的“know-how”，其典型的时间数量级是不同的，政经社史的规律往往要百年才得呈现，短期的规划是不灵的。这些觉醒，当然是科技的功劳。

人类社会目前是把知识、信息与数据当作资产的，好处是可以把散布不真实的知识、信息或数据的人就当成是印发伪钞似的罪犯，贩卖非法获取的资讯就肯定与偷盗同罪；坏处是知识、信息、数据的私有化，可以是资本经济的极致，权利体制等于借此完全控制了人脑。知识、信息、数据的流通与内容受限，实质上就是限制了人们开发习性、意识、思维、行动的自由度。

尽管必须面对黑白两道的各种滥用，当下人们的最佳抉择依然是信息自由：知道以及表达的自由，是交流沟通与选择自由的基础；就人类而言，也是多样化的基础，由此才会有机会产生包容与尊重的习性与智慧。

智人之智的智是个需要定义的字眼，但人类既然是这个宇宙的产物，智当然也是这个宇宙的产物，演化出来的嘛，牵涉到生命体的功能：记忆、储存、逻辑（算法）。第一章谈到认知与意识，因为跟智相关。

从单细胞到哺乳类，演化进行了近40亿年。这期间，地球环境经历了天翻地覆的变化。环境当然是数量级上的相对概念，对初始的单细胞而言，一汪池水也可以是它们的“环境”。每次的环境变化（可大可小），原有的许多物种可能灭绝，环境只留传下能够生存的物种。基因链条在演化过程中不断加长，从单细胞时代的万个分子加长到哺乳类的数十亿个分子，而前代对它们当时环境的适应经验都以DNA链条的形式保留并遗传给后代。

人类演化的原点，可以上溯到地球上第一个成功大量繁衍的单细胞，包括现已灭绝了的许多海洋生物。因为环境一直在变，大自然很无情，没有方向，生存与繁衍的“本能”，存在即真理，演化根本称不上是个有“算法”的程式，完全是针对环境的适应而已，而“环境”包括了像陨石撞击或超级火山爆发那样的巨变，以及其他像季风或洪水那样的相对小的变化。

地球经历数不清的灭绝事件之后的今天，居然存在了一个叫作“智人”的物种，他们的脑袋瓜儿又居然开发出数理逻辑，足以相当程度地理解宇宙乃至演化的规则，智人之智，使得智人物种在过去的50万年一直存活着，而过去300万年内智人祖先的近支物种都躲不过自然演化的天条而灭绝了。实际上，这些前人并不笨，石器、生火、狩猎的本事是他们开发的，画画、打扮、语言（也许还有歌唱）、葬死也是他们开始的。智慧，其实都是人工的，只有智人会有意识、有目的、有方法地去制造一个能够减轻劳作、能够高效完成人的欲求的机器。面对古时候的无知，也只有智人喜欢尽量预测、计划、设计、组织一项行动。知与智，“古已有之”，“于今为盛”罢了。

在生存经验中产生的智人之智，科学发达后，便使人从自身的体验中大致得知人脑的运作模式：信息、感知、思维、逻辑、认知、规划、设计，施之于电脑软件，便是当下的“人工智能”。重点在于让电脑尽量贴近于人脑的思维模式，这当然是有难度的。

人类会计算，但计算能力与速度当然远远不及人造的电脑。重复大量的劳动，比如搬东西、切菜等的能力当然也远远不如机器。为了执行特定的功能，则人类一定远远不如机器人（机器 + 电脑）。为了特定目的，写逻辑或算法的程式、灌进电脑里去，并搭配出相应的其他硬件，“人工智能”即可造出像无人机等绝对高端的杀人利器。

机器人已经可以在博弈上胜过人脑，通过跟人对弈，它能够精确记忆对弈过的每一步，加上人给灌进去的逻辑与算法，在最复杂的弈局上，围棋也不过 361 目，对每秒千万次运算的 CPU 来说，真不算大事。只要确定了功能，确定了算法，人工智能一定超越人脑，没有疑义或悬念。不断拿棋手跟它对弈，它“进化”得比人脑快，因为它可以过目不忘、计算精确，但这仍是智人之智的范畴：我们也就赢不了“围棋专业的机器人”而已。

然而，人类社会有太多功能是机器人无法取代的，不用担心人工智能的超级机器人会威胁到人类生存，即便它会自我演化，但也是在人灌给它的逻辑与算法的有限范围内。人类对所处的环境适应而集群生存、繁衍，各地人群的生活习性不同，就有了多样的文化。这样演化出来的智人，最难的功力，不是人工智能长项的逻辑、计算、计划、劳作、机动，而是为了集群的功能而自然演化的“智慧”里的感情、沟通、协调、分配、秩序、公平以及引发人情共鸣共感的艺文创作。

人类是大自然演化游戏规则的产物，适应环境、生存、繁衍。这是道没有边界的题，不然也不会自然演化出需要沟通、协作、情理共鸣的人群以及人的智慧。而人工智能机器人的设计是有边界、有目的、有算法与逻辑的，它绝不会产生像人的智慧那样仅仅是生存经验的通悟或随遇而安的存在与接受。也许把全球所有人都“进化”到电力化、智能化的时候，就是人类物种最脆弱的时候吧，因为失去演化的纵深了，一个大天体事件或一个大地质事件，电厂消灭了，人也就灭绝了：没法适应没有电力的环境，不知道怎么过日子了。

所以，人工智能机器人的最具智慧的使用，绝对不会是打造机器战士、加速人类自己的消亡，而是用机器人去植树造林、清洁水源、保护动植物种、开发生态家园以疏散完全依赖电力的城市人口，确保知识教育的普及，协助道德教育的强化。

不需多谈“人工智能”的可能应用，任何人工智能的应用都是可能的，人有多少个思维，就可以有多少个专属的人工智能的应用。比如，某军火商基于生意，天天想着战争牟利，他可以集中一组好战军人和一组硬软体工程师，把军人的思维转变为高效杀人的完美机器战士。同样地，某华尔街“投资商”也可以集中一组金融操作高手，把他们的思维与逻辑写成“人工智能”程式，使股市操作在电脑中瞬间完成。

科技上，这些都容易做到，问题在于这样的未来世界：人工智能下的华尔街不过是这几家公司的博弈，对赌各自的思维与逻辑，那要股市做什么？不如取消交易所，改为赌场，反正流转的钱跟“经济面”的关系不大。机器战士也一样，就是两家军火商设计的机器对决，对抗的依然还是人的思维与逻辑。而人的逻辑是很相近似的，在股市的案例中，那就是1989年末的华尔街大崩盘引发的金融海啸，那时不叫“人工智能”，叫“电脑操盘”：券商都以电脑自动买卖股票，当时没经验，设定的逻辑比较简单，瞬间通通启动抛售，看似连电脑也歇斯底里……现在设定的逻辑更复杂，名词也就更新潮。

今人幸而生在电子、半导体、CPU、电脑、电信的时代里，这门科技的应用的自然延伸，业已将信息网络化、将制造智能化了。正由于网络信息除了受到国界的干扰之外，完全没有疆界，今人每天跨进的未来，信息的全球化与自由化都是“未来”最鲜明的特征之一。

总之，“信息”的全球化与自由化本身，就已经是当下可预见的未来一大亮点。人类的“知”权，从未如此写实过，维基网络等真正打破信息的垄断与门槛，才是真正当下人类的英雄，解放了无数“被迫无知”的人。自有文明以来，人类社会里的信息与知识并不透明，权利制度人为地将人群划分成知道的人跟不知道的人两种，信息从此有了“价格”，方便了权力的操纵。而当下这个信息时代，只会有懒惰者与勤快者的区分，以及诚信者与不诚信者的区分。

我们仍在学习怎么运用信息与知权，因为从前没有过。

有信息就有反信息，有知权就有反知权，事物都是两面的。每个人只能管好他自己的诚信，为此，对不诚信者应运用人工智能来取消其信息权（知情权）。

千年前的人类，大致 16 岁就必须心理成熟到进入社会，承担生存的风险，因为人寿平均也就是 40—50 岁。由于知识暴涨，加之社会组织越来越复杂，百年前大致 18 岁才算心理成熟，那时人寿平均已经增加到 50—60 岁。当下，知识与社会组织的复杂度更指数倍于百年前，恐怕 20 岁、25 岁都算勉强成熟，目前人寿均值 70 岁都不算回事。但是，青春、性成熟是自然的硬体基因赋予的，相应的法制也是老早就定下来的，今天的年轻一代只好自求多福，努力充实自己的功力，以承担生存与生命。当然，法制也可以实事求是地适应人类信息爆炸所引起的人类自身心理成熟度问题。

对人性好奇、趋同、趋利的本能而言，网络联通的功能，当然不止于信息与知识的交流，也有社交、游戏、“互联网”购物或交易等“潮”功能。重点是知权的深化、广化，必有助于增长人类的真实理性。

比如，废不废核，本质上应该是个科学的理性抉择。

只要社会人群对经济增长的欲求仍然旺盛，那就无法逃避对电力增长的需求，而如果社会对生态的欲求也一样旺盛，则核能发电就会成为无以逃避的选择，尤其是钍核能发电，哪怕仅只是过渡性的。钍核能发电或许可以在暂时不怎么降低人均用电量的条件下，大量减少碳排放且不堆积核废料的污染，给人类足够时间完成资本经济到生态经济的过渡。不然，就只能从自己开始养成彻底节电的习性。

通透而全面的信息、科学的理性，会成为今人塑造未来世界的一大模具。显然，环保生态的教化跟增长经济的教化是很不一样的习性与文化的培养。这当然不只是一两代要致力的，但如果连我们自己都无法坚定地做出理性的抉择，又怎能安装生态理念到后人脑袋瓜儿，使之越来越执行环保从而成为人类的文化习性？哪怕由于既有习性，可能只有30%的执行力，我们也必须开始行动。

沿着信息解放这条线，未来社会更需要科学的理性与真知。

目前的网络信息，由于刚刚解放，人们还在自由的亢奋中，个性化的信息交换使得当下的信息时代显得非常碎片化，反而难以获得真相，虽然人类的沟通远比从前更细化。如果缺乏科学的理性，人们与社会将会为此付出更为沉重的代价，试想人脑的趋同性，连打哈欠都会感染整个群体，更何况种种有心人的制作与操弄。然而，一切政客、官僚、商业利益等，他们害怕的一是真相曝光，二是不掌握信息权。

当前商界炒作最热门的“互联网”和“人工智能”，其实需要理性看待。互联网对商品信息的流通无疑影响巨大，并且冲击既得利益，把许多传统“流通渠道”、中介或贸易商等等坐享其成的“利润”冲掉，使得物价有所平抑，这当然是件大好事。

解析资本经济制度下的资产或财富的构成，现金、土地、机具、专利等都是“产生利润”的工具。目前，利润的最大项被地主攫取去，因为城市房产地租早已近于天价；如果我们把店商货架上的商品平均卖价算4块钱，制造商只得到1块钱（平均可能赚不到 1 毛钱），其他 3 块钱当中，房租至少 1 块钱，店商利润至少 8 毛钱（不然他就宁可不做这生意了），剩下的 1 块 2 “成本”就是店面维持、物流输送、银行利率、保险、中介，等等。

所以，互联网的确是打破了制造商与顾客之间的层层剥削，降低了物价，刺激了消费。然而，经济学的基本规律并未消失：价格≠价值。

一件商品降价，仅只是提高了它的“性价比”，如果它满足人们需求的性能是可有可无的，那无论价格再怎么低，对经济而言都是“浪费”。这里，就看到时尚与广告的炒作效应：当下，相当一大部分的商品，属于花钱买爽的东西，当下绝大部分的“创新”，不过是“创造顾客”的虚拟经济行为，“消费经济”依然延续，地球资源依然被大量浪费。

那么，“互联网经济”是兴奋剂，还是解药？

互联网显然有助于分配与物流，但也显然不能提升人类社会的生产力。“人工智能”则确实提高生产效率，但产品的性价比仍待检验。而时尚，当然是免不掉的。时尚本身就反映人性的趋同。

从前的人，信息沿着水源流动，农耕者在江河湖泊边上聚居、游牧者在绿洲之间，他们建立交通网线，透过人力与畜力进行运输、交易物品、交换信息。动员村落与动员城市的方法一样：透过人与人的接触。

现代，人脑之间直接透过电信网络来流通信息，因此，动员人群的方法变得非常便捷：硬件靠手机、软件靠网络信息，进一步强化了城市人口的“权力”：因为没有被无线电信覆盖的地区（村落等）就成为隔绝的孤岛。任何商业或政治时尚，都可以透过信息网络被轻易“推动”为潮流，包括民粹和恐怖主义，不是吗？

今天，已经可以改写对未来世界的定义了：

今人的人脑面对一个高速运转的科技环境，“教化”被信息网络武装起来，无论是互联网上的买卖还是网络上的各种号召或流行，连人性的趋同，也变异成廉价消费的速食品，“文化”会迅速反复变异，人脑的“习性”会适应得更习惯于改变。

信息时代已经来临，教化与人心工程的效果充满不定性，人性或人道，说得好听是更自在，说得难听是更随机、更自我矛盾。人类社会的旧道德体系正在迅速瓦解，对应的新道德还在摸索、开发中。

目前，人类社会所有的文化基因的惯性虽然仍在延续，但国家、宗教、权力、经济、道德等既有结构日益受到内部的挑战，这是好事，促使人群必须深思：我们到底需要构建什么样的社会？

总之，信息自由化无可阻挡。科技上也阻挡不了。

正如前人自由地掠夺地球资源那样，今人也正在自由地掠夺信息资源，不过，前人已经留下一些深刻教训，今人会比前人更快反思。

今人拥有前人所不及的智慧：开放与自由流通的信息和知

识，终将使得人类回归科学的理性（如果不出现崩解的代价的话），而全球生态话语终将取代国家与资本经济话语。

西欧的启示

欧美当下许多“普罗文化”，由于200年来的资本利益驱动，加上城市化规模加大、人口增殖太快，科技又越来越发达，消费经济大行其道，人们养成快速运转、用过即弃的习性。什么东西都可炒作、流行、时尚化，文娱也跟速食似的，衣食住行，就更加如此。

年青世代爱潮，不可避免。时尚就是文化。

仅仅100年前，文化还是个习性，前人社会得耐心培养。

当下，寿命长了，今人可供“感”“觉”的时间却不够了。

不用拒绝时尚，比如，匆匆忙忙的时候，流行音乐的确消解隐藏的焦虑，速食也的确立马解饥。只是要常常提醒自己：在家的时候，恬静应该成为主要的心情，“文化”，需要能够真正体会多样性，才有真正的选择可言。过客的文化是赶路用的，总不能天天都赶路吧，何况，赶什么呢？每个人从生到死之间的日子，都是一生，都是生活。

智人之智，只有一个检测标准：操之在我的选择。

即便在相同的环境里，人群在演化途径上依然开发了不完全相同的文化，西亚的各城邦、蒙古草原的各部落、中华农耕的各地区，也都各自有大同下的小特色。

从时间点上看，时尚当然是个流行文化，是人性趋同的表现。

尽管趋同，自有特点，依然是“文化”的要义，也是当下人们的选择。

潮，没关系，那就多几个潮，让各地的传统文化都潮起来，而不仅是好莱坞式的流行。

拥抱时尚与流行，让它们自然淘汰吧。

年轻人的潮时尚，比种族主义或消费经济好多了。

第五章　中华文化的历程

现存的全球每个人群各自都经历过空间上的扩散迁徙与时间上的延续，智人是用智人之智来生存的，人群生存的经验就是他们生存的智慧。人类历史并未记录所有存在过的人群的经验，但就像第二章叙述的，智人具有相同的生化基因组与文化基因组，人际完全可通，血缘可以互混、文化可以互学，文化习性不需要混血生育，比血缘还更容易扩散，许多似乎消失了的人群，他们的经验与智慧都不知不觉留传了下来。

西亚最早的聚居农耕的人群的后裔是不是还住在那里不重要，在 5000 年后的当下，原住民的生化基因早已稀释到可以忽略不计（除了男性的 Y 染色体，以及女性的线粒体），但原住民的文化基因既然是适应于西亚环境的，陆续到那里落户的其他人群一定多少会混融于已有的生活方式与习性。中国人群的历史也是类似的过程。

东亚广袤的温带森林与沼泽区的中华部落与诸侯国对机动的要求不太大，每年可以二至四获的农耕收成足以增殖人口到满足农耕对人力的大量需求，森林被历代农业砍伐殆尽，湖边与沼泽也大面积被填实为耕地。普及并创新农业技术、统一的文字加上人力组织与灌溉管理的需求，中央管理的政府成为必需。数百年的战国时代，那时的中国即使不被秦统一，也会被某个强国统一，那是自然趋势。于是，中国经验便是文化的一统、时间轴上的政权改朝换代，斗争是空间上局域分治的人群在时间上的变奏。

既然过去的中国经验还能让现代中国接轨国际，显然也需要科学地重新检视中国过去的经验，毕竟中国历史是人类在科技时代之前唯一的比较完整的记录，或许还能从中找出一些适用的东西。

这样，就让我们看看农耕时代的中国经验与教训里头，有哪些是可以用到现代国际社会的。

人口经济

科技时代之前最重要的中国经验与教训是：人口经济。

现代经济学谈人群社会的经济量，人群生存所需资源的需求分配与生产供应，人口数量是当然的重要参数。农耕立国的中华文化，延绵了数千年，又有史书文档的连续记载，可以从中看出：人口数量决定了社会的经济量。农业社会的经济增长直接跟人口增长相关，这不是新闻，问题是现代科技社会的经济增长仍然跟人口增长相关。且看看中国经验吧。

中国历代典型的经济数据，一般只有农户数以及中央政府的财政岁入，唐代之后偶尔会有商税记录。现代经济学喜欢GDP数字，很好，就从记录中设法找出GDP吧。

历代中国记载的人口数字偏于虚小而不是虚大，农耕立国嘛，只关心农户数字及其人口数，因为农户数字就代表了税源、役源、兵源。而贵族、官员、地主、寺庙的庄园，以及城镇商人、百工等，各自还豢养不少人口，但都享有特权，并不列入要交税服役的农户名册里。这些人口数很容易占到人口总数的25%左右，可以算是工商与特权的人口数。这样粗估，农户记录的人口数为总数的75%左右，人口总数便大致估算出来了。

北宋后期，政府岁入的银两＋实物，商业税收跟农业税收的比大致达到2：1，当时岁入数字在7000万到1.6亿两白银，经常超过8000万两，北宋中期就以平均1亿两计算。而宋代账面上的农业税赋并不高，大约是农业产出的20%。宋代商税名目繁多，苛捐杂税一般达到营业额50%，因为宋代中央政府的负担确实大，除了对外需要购买和平，还得大量养兵以及豢养庞大的官僚集团。所以，估算北宋中期的典型GDP为3亿两白银，其中农业1.7亿两、工商业1.3亿两。那时典型总人口数近于1亿，其中农户口数7500万。这样，北宋的农户人均GDP为2.2两左右，权贵、官僚、工商的人均5.2两，而全国人均GDP为3两左右。

乾隆十八年（1753），大清盛世时代的典型时期，实际约2.2亿人口，农户口数约占85%。农户占比低于宋代，是因为经过人口普查核实，清查出权利阶层包庇的漏税户口。那年岁入合 6600 万两银，其中农业税收为 5200 万两、工商税收 1400 万两，商业税收跟农业税的比为 1 ∶ 3.7。因为农业税赋只约 5%，合农业 GDP 约 10.4 亿两银，农户人均 GDP 为 5.5 两。当时的商税非常低，就按 3% 计算，则工商业 GDP 为 4.7 亿两，权贵、官僚、工商的人均为 14.2 两。全国合共 15.1 亿两 GDP，人均 GDP 约 6.8 两。

上述数字，清代比宋代确切一点，但都是按当时的米价折算成银两的。考虑到货币和物价的波动，如果以米价为基准，那么北宋的 1 两相当于乾隆十八年的 2 两左右。也就是说，清代盛世与宋代盛世比较，中国人口增长 2.2 倍，全国 GDP 总量实质增长为 2.5 倍。人均收入增长 13%，底层农民人均收入增长 25%，但底层之上的阶层的人均收入增长 37%。而北宋到乾隆的时差是 650 年！只相当于科技时代以 3% 年增长率维持 32 年的连续增长。

宋代财政对工商的倚赖度远大于清代，几乎是清代的 3 倍，但农业仍占 GDP 的 57%，而清代农业更占 GDP 的 69%（对比今天美国的 1%、法国的 5%）。由于只有上缴中央政府的数字，没有详细税则，也没有潜规则下的浮滥规费数字（例如折银与实物征收的具体办法），实际情况会有所扭曲，但数量级大致准确。

在农业依然是人类的最大实体经济的时代（直到 20 世纪之前），中国宋代已经做过转向工商的尝试，这是宋代不得不为之的选择。

由于经历百年战争的大破坏，为了维护王权，赵匡胤启动了“重文轻武”的社会变革，以文官执政并以科举考试选拔人才，不问出身、只看考试成绩，这显然得到大多数人的支持，武人与门阀干政的旧习就此破除。

然而，当时并没有“编制法”（中外古今，人性嘛，任何官僚体系都不会自我设限），科举考试年年选拔出来的官僚和准官僚，积累出庞大的数量，吃喝拉撒睡全赖纳税人支付。而皇帝与文官们既不信任武官，又必须防备北方强邻，没办法，只好对外购买和平、交保护费，更加重了纳税人的负担。

宋代皇家算是简约、宽容的，跟群臣商议，大文官直接提醒皇帝：皇帝是跟士大夫“共治天下”的。皇帝两手一摊：你们都是吃公粮的，大家想个吃公粮的办法来吧……

消费经济的套路，从工商流转里头榨出油水来，迅速被宋代官僚实现。办法其实很简单，刺激消费与生产、扩大分工、增加关卡、制度化中介（各种买卖、行业都有专设的中介）与承包（连税收、专卖都可以发包）、发行货币以支撑信贷，然后在商品的流通里层层收税，截取政府与官僚所需。现代资本主义制度的办法，也不过如此尔尔。

宋代江南地区，经济作物是丝绸，大米从两湖运输过来，“两湖熟，天下足”，一反隋唐的“两江熟，天下足”。

简单地说，消费经济，皆大欢喜，社会处处一派繁荣景象，人人都感觉有钱可赚。手工业大大发展，各种技艺创新猛进，以至宋代的科技水平，甚至数百年之后的清代也难以突破。而中央财政数据更是最佳证据，在宋代领土大减的情况下，依然养活了偌大的官僚体系，交得出保护费和军费。

从现代经济社会学看，显然，工商与科技之间的正向回馈机制起了作用，相互刺激、彼此增长。中国宋代也许是人类手工业技术所能支撑得起的农业社会的极限，但整个宋代社会其实是向钱看的，金权飞跃。

宋代是个重税时代，也是个科技时代，公、私一起鼓励消费，打造商业流转。而明清时代的中国正好颠倒过来，是个轻税时代，工商近于完全放任（除了外贸管制），整个社会则继续向钱看。

明清时代，除了农业税赋轻，商税在晚清之前都是中央财政收入可有可无的“调剂”，一反宋代模式，回归农耕中国传统，又做得比传统还传统。这里，官僚阶层完全隐秘地成为商人阶层的一部分。一方面，趁满族入关，人少、必须汉化才可以少数统治绝对多数，官僚集团欺负满人不懂中华文化（中华文化有极其现实的一面），不停地提出“官家不与民争利”（这在明代就已经是官权对付王权的说辞），放任工商，达到现代经济学难以想象的自由经济高度。一方面，明的暗的图利他人（亦即图利自己，自己也有份儿嘛），官商勾结，最终一切负担都自由地转嫁到底层农民身上。这是很实在的资本主义了，金权隐形，只不过是官商一体，明代皇家甚至也贪污、搞钱。

从经济学角度看，宋、清这样的两级反转的中国经验说明：

（1）科技提高生产力，即提高 GDP，这无须多言。实际上，科技是经济增长的一个实在因素，通货膨胀修正后的清代人均 GDP 跟宋代相差不大，反映了华人在清代的创造力不如宋代。

（2）商业流转大大提高 GDP 以及税收，最终只能以货币贬值或泡沫破裂解决，财富会重新分配，但贫者愈贫。农业实体经济（种田与手工业制造）难以大增，而流转出的虚拟经济的结局又只能是：天下没有白吃的午餐。一是商品的真正“价值”绝不会因为多交易几手就升值，升值的是“价格”，也就是物价（通货膨胀）；二是维持社会稳定运转的权利制度绝不是免费的，无论是税、租、利息、利润等名义，羊毛出在羊身上，终归是要有人买单的。这些是无可规避的或虚拟化的实相。

（3）农耕需要大量人力，人口增长也是实质的 GDP 增长。每一个人生存的基本吃喝拉撒睡的消耗与流转，都是实质的 GDP，所以，人口增长就是 GDP 增长，人口增长率是经济增长率的一部分。从宋代到清代，中国 900 年间的 GDP 增长，人口数量增长的贡献占到九成，而科技增长的贡献仅只一成。上述宋与清的数字不见得精准，但也说明了问题。

（4）中国底层农民的人均 GDP，清代比宋代提高了 25%，反映了基本生活的提高，这可以说是基本民生需求的“欲求指数”的提高。乾隆后期，中国人口暴增，底层农民的民生欲求必定降低、以求存活。这当然有生存底线，碰触生存底线，社会革命也就来临了。

在更古老的历史时段，中国前人老早就察觉：人口增长、农业技术增长、农业产出增长，通通等于国力增长，都跟经济增长相关。但他们当然不是用现代经济学的角度或术语来表达，而是具体发展小农经济，使小农户成为国家的税源、役源、兵源。

过去千年的中国经验也显示，在科技力量没有大突破的情况下的农耕文明，所能达到的经济增长基本上就是人口的增长，或者说是以增长人口来达到经济增长。人均 GDP 的增长，若不是科技增长的贡献，结果就会是贫富差距的扩大。

明代虽有不少记录，但矛盾百出，需要慢慢从众多地方志里筛检出真实的数据，才可据以分析。明代商税几乎为 0，农业税赋也很低，实际征收不到 5%，皇权、官权、金权之间的纠缠是另个完全不同的中国经验。

晚清失控的人口爆炸，无疑也是造成清代式微的根本原因，即便没有鸦片战争，清王朝的崩解应该也是迟早的事。人们不应忘记：江浙的方腊农民革命就发生在宋代的繁荣盛世，而清代盛世巅峰的乾隆时期，公元 1790 年中国人口突破 3 亿，此后的乾隆爷就在此起彼落的苗民与川楚白莲教造反声中走完一生。盛世是相对的，是权利获益者的。

人口迷思

人类取得生活资源的基本方式，要么跟大自然索取：农、牧、矿；要么跟别人索取：交易或者掠夺（用武力掠夺、用权利掠夺）。

实际上，农耕文明开端后，集群化的人类的生存，欲求所需的资源越来越多，越来越复杂，任何社会的资源获取都集成了一切办法。

中国经验是温带气候下农耕演化的结果，农耕的中华帝国的中央王朝制度下，工商长期被歧视（除了唐末至元代的400年被当作摇钱树），除了官权的潜规则剥削以及政府的少数专卖(盐、铁等)之外，经济基本是放羊吃草式的自由模式（显然不是有意识的）。结果是中国历史记录的经济数据主要也就是农业人口与农业税收。

上一节已经提到，历史文档里的户数、口数，由于避税、官商勾结、隐匿，一般会偏低约25%，亩产量与垦田亩数也会少报。但农耕生存嘛，只要有人口，自然会去垦荒求生，统计人均谷粮产量是很恰当的农业社会经济力的测算方式，实际反映人民的平均生活水平。虽然人口数量不光是经济因素可以决定的，战乱、灾荒、疫病都是制约因素，但有数据总比没有好些。

粮食亩产量，在2000年中增长了2倍多一点，这是农业科技的增长，唐宋比西汉高20%左右，明清更比唐宋高出35%左右。

人均GDP从唐代初期至清代初期，维持了近1000年的最高峰平顶，可能就是农耕国家的极限了，跟高峰之前的1000年比，大约只是20%的增长。人民生活水平的提高增长非常有限，而清代中期之后由于人口暴增，平均生活水平甚至不如 2000 年前的战国晚期。

明代晚期直到清末，亩产量比之唐宋增长了 30%，反映了农耕技术的增长，而唐宋比汉代也增长 20% 左右，这些增长都被迅速增殖的人口吃掉了，反映在人均 GDP 的增长停滞。前面提到过，美洲薯类作物与坡地种植技术的扩散，等于提高了亚欧大陆的农业技术，正是发生在明清时期。而宋代亩产量低于唐代，应该是社会转向工商化的结果，人力更多地经营手工业去了。这些数据也反映出谷粮的产出已经足够养活偌大的中国人口，持续的人口增殖与垦地，增产的粮食结果只是粮价的下跌、“谷贱伤农”或农民勉可糊口而已。

在人类蓄积集群社会的智力达到科学引领科技大突破之前，也就是工业革命之前，人类存活基本靠农耕，那时全球各地能够增产的技艺差别并不太大：农畜产物的配种改良、水利灌溉的开发、耕地的扩大、施肥的改善，通通都需要大量人力。东西方农民的生活水平长期是差不多的，这方面的西方经验或美洲经验跟中国经验不会有太大差异。中国历史记录农户户数与谷粮亩产量，只是反映中国经验的以农为本，但也折射了基层人口的生活水平。由于全球农耕技术长期类似，财富的获取都靠工商交易，偶尔进行战争掠夺，看不出西方经验能跟中国经验会有什么差异，经济增长主要跟人口增长直接相关。

以上，请注意：这里用的参数是人均经济水平，GDP。可是从古至今，社会“基层”人口，包括乡村农民与市镇工人，绝不少于90%，如果财富集中于社会“上层”的5%，而这阶层占到经济量一半或更多的时候，统计学的“人均”数字意义是不太大的，比如人均数值是1的话，上层均值大约是10，而下层均值大约是0.53。这就是2008年金融海啸后，美国人在华尔街掀起抗议1%的运动，口号是“我们属于社会的99%”，传达的信息是“1%的家伙干掉了社会一半财富”，亦即上层人均是49.5而下层均值只有0.5。中国历史记录的正好是下层农民的GDP，是比较真实的绝大多数人民的人均数据。

当年蒸汽动力工业革命最蓬勃时的英国，约略就是这样的景况。人间太过分地不平衡，社会内部自己就要造反了，孔夫子大概很早就感觉到了，他的经验是“不患寡而患不均”，并且要“富而好礼”（有钱人要懂得守规矩）。当然，经济学的难度就在于，到底用什么参数与数值来衡量人与社会所必需的生存资源，怎么定义经济或财富？

而无论东西方，政府与店铺、公司，官僚与工商，都集中在市镇；实施统治的同时，集群的人脑激荡使得手工业的技艺一直持续成长，促成人类社会越来越方便的生活方式。而同时段的中国跟西亚、欧洲各国对比，中国人口数量的优势就很明显了：中国一直产出更多更好的工艺与技术，东方一直领先西方，包括人们熟悉的四大发明。因为中国人多，有更多城市，也有更大城市。不过，农耕或手工技艺的增长改善生活之余，也直接刺激了人口增长，使得社会经济更繁荣，可耕地的开垦面积也因之扩大。

草原游牧的情况也可类比。草原的生态环境决定了那块草原的经济承载力只能维持那么多牛羊，就只能供养那么多人口。游牧部落的GDP随人口增长而平行增长，直到环境承载的极限，GDP无可增长，这时人口增长仅只是人均GDP下滑，人口再继续增长到牧民人均GDP的生存底线时，不是革命，而是冒生命危险大举对外掠夺或迁徙。

放大了看，人类就只有这颗地球可用，全球各国各部落，各自的可耕地与可牧地都是个定数，气候与生态的承载力就仍是个经济上的定数，就只能养活这么些人口。16世纪末，美洲的花生、玉米、马铃薯、甘薯扩散到全球各地，等于忽然提高农业技艺，人口与GDP都平行增长，直到合适的丘陵和山坡地被垦殖完毕，又到头了。

5000年来，农耕一直是人类生存的主要手段。古老的中国早已留传下维持生态的办法：不竭泽而渔、斧斤以时入山林，等等。但都拗不过增长人口以增长国力的欲望，而人口存活的压力使得黄土高原、华北平原、淮河湿地、华南等地通通过度开发，大量森林变成耕地，以致18世纪后叶，中国人口就达3亿数量级，垦田1000万顷，能垦的山坡地都垦殖为田，水土保持化为乌有，一旦旱涝，灾情就异常严峻。

所以，中国经验的人口经济之外的教训，是生态：

黄河水患长期困扰中国王朝，历史上有过一次几乎三百年没黄河水患的安宁日子，发生在南北朝，战争使得陕甘的黄河地段没人开垦，等于“退耕还林”，草场植被恢复，水土自然保持了……

农业经济的本质是人口经济，但有人口红利，就有人口峭壁，这是无可避免的自然轮回。科技时代完全一样。

人口繁衍是自然的本能，但科技时代的人类也必须发挥智人之智了，尤其看历代灾荒史的中国经验，教训是明摆在那里的：

（1）不要为了增长经济而增长人口，人不是为了经济而活的，反而经济是为了服务人而存在。

（2）要约束人类作为掠食动物的本能，跟地球共存。人类科技已经掌控全球生物与资源，必须“存亡继绝”“以大事小”“不竭泽而渔”了，因为地球人已经太多，并且每一代人的生活欲求都站在前一代人的欲求之上，平台越垫越高，快要超过地球生态能够承载的极限。无论人道或天道，人类必须限制人口膨胀，宁可让性爱成为情感的文化而不是繁衍的文化，更不能是经济的文化。

文化与思维

中国人多，又有记录的习性，相对容易整理出中国人群社会的大数据，分析生存的经验，统计人道的经验。事实上，过去 5000 年的人类历史中，工业文明只占最近的 200 年，但记录与数据相对是最多的；农业文明占了 5000 年，但除了中国史料之外，各地人群的数据支离破碎；而草原游牧人群的数据几乎全被遗忘。因此，人群社会的经验与教训只能从中国史与欧洲史的书本中体现，而200年之前的中国史料虽然相对完整，却是“中华中心论”的；200年以来的欧洲史料更完整，却全是“欧洲中心论”的。国家与种族的习性、权利与文化话语的傲慢与偏见，使得地球人至今还没有一个相对比较科学的、真实的、可读的、兼容全球的“世界史”，尽管人类已经“科学化”了。

人类历史应该从地球人的视野重新阐释，比如，作为农耕文明的经验，相对丰富的中国史料可以用来解析在温带气候的黄河、长江、珠江三大河流域之间的诸侯国，怎样在2200年前合并成文化一统的、中央集权的中华帝国。比较干旱的西亚两河流域的农牧城邦国家，伊朗帝国也在2500年前把西亚的城邦与游牧诸部合并成中央集权但因俗分治的帝国。这些帝国不但建制雷同，而且在这些局域国家的统合过程中，各自还几乎同时在2500年前涌现出一批悲天悯人的智者：伊朗的琐罗亚斯德、中国的老子与孔子、印度的佛陀……表明人间的问题都是类似的，当集群人数达到某种门槛，各地出现的社会问题与国际杀伐大概都一样吧。

事实是，并不只有中华文化绵延下来，各个人群的文化都多少传承至今，只能说，变异较少的是中华文化。是中华区域经济共同体与王权中央管理之间的平衡得到了优化吗？

人类若要少走冤枉路，自省是很重要的功力。西欧文化基因里没有自省，但科学求真里头暗藏着自省。中国文化基因里有自省，“以史为鉴”是中国人喜欢记录历史的主要原因，很

“科学”，当然没现代那么“科学”，但已有求真与数据的习性。

中国人群在过去的4000年里积累并记录了大量经验，适应于大自然环境的、适应于大规模集群的社会环境的，并且刚好由于科学是地球人晚近才学会的智慧，中国人的生存智慧大多是纯纯的“经验”，许多是统计与重复试验的结果，比如中医、风水、道德等当代曾经认为“玄”的东西。实际上，从“科学”的逻辑来审视人类的智慧，对应于地球各地的自然环境或人群的社会环境，适应与演化的关系跟工程之于理论类似，许多是比较偏于经验论的。所以，中国的文化基因显得愈发重要，不仅因为200年来兴起的西欧文化已经成为现代人类的显性文化基因，需要中国、西亚、美洲、东南亚等其他文化基因多样化的平衡，而且，中国文化基因里的包容、沟通、协作、自省等社群因子，也是针对当下高度竞争与对抗的掠夺、侵略因子的解药。人群之间需要和平共存，人类与地球更需要和平共存。

早期的中国人很能自省，虽然证明不出生态规律，但规矩明确——“数罟不入洿池，斧斤以时入山林”，着眼于世世代代都能够有食用的资源。现代西欧与日本也很自省，生态环保是必需的，但资本经济，利润挂帅，所以，资源消耗大或环保成本高的产业通通转到第三世界去，以邻为壑，进口东南亚或南美的木材，环保自家，污染别家。

当代中国曾很长一段时间不提生态、环保、节能……今天，已经自省的中国在陕甘青等地大面积造林，“性价比”很高，经验很容易推广，中央管理的功力大大展现。各级地方政府只要意志力到位，执行力是很强的。

地球人的生存智慧，因应全球各地的空间环境以及人类自己在时间过程中所营造的社会环境，形成多样化的文化基因。过去的200年来，西欧文化（科学+资本经济制度）迅速普及全球，人类掠夺与侵略的基因一时展现到无以复加。然而，掠夺与侵略绝对不是人性里的最大成分，人类还有幸存的其他文化基因，科学地说，这或许就是人类避免自我毁灭的希望所在。

当下的情况是：欧美话语主导人类思维、欧美霸力裁制人类族群、欧美经济掠夺全球社会，地球人却也更加混同。科学与技术的扩散，视觉、听觉艺术的交流，人脑之间感性与理性的相互沟通和渗透，无不突破了人群原有的文化基因藩篱。从前的教化方式，习性培养缓慢，现在的教化，一代之内的流行习性可以变革好几回，全拜科技之赐。

即便如此，在全是欧美订立的游戏规则下，全按这么个游戏规则求生，中国居然在过去40年间攒足数万亿美元，并且把中国社会从200年前的不堪状态提升到强盛的状态。那么，现代中国到底靠什么？

靠学会欧美的科技吗？这方面显然不如日本。日本靠西化也快速崛起过，第二次世界大战后也曾按欧美游戏规则独领风骚，而一旦美国改变游戏规则，金融货币操纵立即让日本戛然止步。

今日中国，真正有核心竞争力的创新是凤毛麟角的（西方也一样），靠人多势众的积沙成塔、靠中央管理制度的高效运作，还真表现出一些相对于欧美社会的优势。而传统文化习性更是列强无法理解的竞争力：中国靠的是坚忍、勤俭，穷则变、变则通的集体念力！

东亚中国，由于农耕定居，自给自足的成分很大，虽然也经历城邦世界景象，最后仍归大一统。那么，“统”在哪里？跟西方的差别在哪里？

统在了中华文化。

统成了什么样？

正如一位美国汉学家有感而发：“中国是个文明，而假装成是个国家。”

这当然有点简略，但也足以说明，中国的国家现象跟西欧的现代国家现象是不同的。虽然西欧所谓的“现代国家”或“民族国家”也“统”到文化层面了，味道却南辕北辙。因为“中国”实际是个“中华世界”，犹如“西方”就是个“西方世界”。西方现代国家的套路是权利制度下的快速齐一化，而东亚中国是中央主厨慢火煨成一锅汤。国家机器，法制与威权当然是必备的，但文化的火候是不一样的。

或许就把这里的“中国”换成“中华文化”更为恰当。可是，“中华文化”又怎么定义呢？

总不能说是中山装、清代的辫子或唐代的紫袍吧。甚至音乐里头的“胡琴”等等，既然是“胡”的，“华”在哪里呢……一部中华历史，细数渊源，传统的政治话语、所谓的“正统”，无不从夏商周开始，一直数到元明清。王朝更替之外，华夷之辨越说越糊涂，因为中国史上一直都是我中有你、你中有我的。

比如，2700 年前，西周春秋时期的晋文公，母家是山西“翟”国人，这个“翟”，音“狄”，意思也是狄，就是戎狄的狄、西戎北狄的狄胡也；当时的狄还有所谓的白狄，白皮肤的胡人也，就是“白人”族群。用“翟”这个典雅的字，无非是政治话语的文字游戏，表示翟国已经华化了。晋文公父亲姓姬，肯定算是周王室的姬姓宗亲，但母亲是狄，所以晋文公是混血儿，然而齐桓晋文的功业都因“尊王攘夷”而被中国史册颂扬……至于 1400 年前的隋唐宗室，无疑是北魏的鲜卑血脉，清朝就更不必说了，“中华文化”的血缘基因与文化基因其实经常在混溶、扩容。

20 世纪的中国，华人在东西洋坚船利炮的刺激下开始了“现代化”“跟国际接轨”的大革命洪流；面对西欧“民族国家”的政治话语，孙中山先生干脆直接套用，于是乎，“中国”瞬间现代化成为“中华民族”的“现代国家”。于是整部中国史的过程都成为“中华文化”的话语，但近代以来的中国“现代化”运动扬新弃旧，对既有中华文化的批判引致“中华文化”到底是什么反而更加模糊。

目前，一般只知道，“儒家”算是中华文化的大宗，因为被批判的最多。又由于人类社会自然演化出权利制度与国家，所有的历史记述都有浓郁的政治话语，中国史当然也不例外，但这就是人类历史的实况。西方历史的城邦味道，交易与掠夺，突出英雄与宗教。中国历史的大一统味道，管治与垦殖，歌颂帝王与朝代。而实际的文化习性，还真需要史学者们与人类学者们从语言、风俗、文物多方面去还原那时候各地人群的生活面貌。

幸好时空是连续的，历史是连续的（不管记录存在与否），文化习性也是连续的，一切的改变或变异都有迹可循。虽然许多历史是以神话或诗歌传唱的方式记述下来（比如犹太前人的新旧约、印度前人的吠陀经、波斯前人的帝王纪），即便历史经常被湮没，真相依然可以约略追踪到，至少轮廓还是清晰的。这样，透过相对最完整的中国史册的记述，中华文化算是最容易被确认、因袭最久的人类文化习性之一。

简单地说，中华文化最古老的模具，夏商时期的华北萨满也不能排除华南良渚的巫风，而周王朝长期的泛理性化影响，使得华人性格变得非常实际，无论萨满或巫的神权，至迟在2500年前就已开始淡出中国权利制度。与神权相关的歌舞、音乐、酒精、艺术等浪漫元素，主要经由楚文化表达为诗辞吟唱形式。而跟宇宙或大自然相关的知识，则泛理性化为道家的“天道崇拜”以及儒家的“凡事皆有理”思想。思想早熟的道家依稀察觉到大自然有机整合的味道，碍于当时人类还没有数理工具，他们虽然也开发了原始的化学实验，终究成为哲学而不是科学，天道继续茫然难寻。儒家，入世嘛，更专注于拿人道去比拟天道，凡事皆有理变成了“人世皆有礼”，把社会的现实秩序看成了天体规律在人间世的反映。

秦汉的大一统，是东亚温带高产农业下的政治归宿。

秦中央集权、广设驿站、人同伦、车同轨、设官分州县统治、严刑峻法。

相对于当时的西亚，这些管理招数差别不大，但汉代修正秦代路数，加强教化，“人同伦”，统一脑袋瓜儿，使得人人具有规范化的思想与行为准则，大大降低了维持大帝国所需的成本，此后，中国历史的王朝更替频率远低于西方，有效统治的地区更远大于西方国家。但实质上是东亚温带农业的多产给买的单，维持起中国长期一统的中央管理所需的经济成本。

其实，波斯帝国一统西亚，比秦汉帝国一统东亚还早 300 年，中央集权、设驿站、督抚分省统治、法治，成为西亚定制，施行于印度河至爱琴海之间的广大区域。由于西亚城邦制的习性，王权管治多元族群的办法是：宗教信仰相对自由，驿站保障了信息与物流、人流，分区委任督抚大员统治地方，族群各自依宗教和语言进行教化。这算是比较经济有效的组织方式，而即便如此，西亚乃至西方的帝国依然王朝更替频繁，因为相对于东亚中国，维持中央管理的经济成本还是高。但打打杀杀也沿袭至今。

科学地说，近代之前的信息流通不及时、交通也不便捷，统治大帝国的科技与教化是有缺陷的，维持大帝国的成本很高，当然就不会长命。这不仅只发生在波斯帝国，后来的罗马帝国也一样，“有效统治”的地区与时间，大不了、长不了，因为律法虽可规范人的行为，而拼音文字以及各自的宗教所教化出来的脑袋瓜当然不会是规范的标准版，更何况农业虽然是近代之前的人类高科技，西方的气候与水土毕竟不如东方多产。

伊朗、秦汉一统西亚、东亚的同时，亚欧草原也被匈奴汗国一统了。草原游牧的匈奴汗国虽然没有太多文字记述，但从后起的草原帝国的雷同的组织，可以看到匈奴汗国的建制在草原上也被沿袭了 2000 年。

地球人的帝国文化、汗国文化一直被沿袭了 2000 多年，人类历史记载所及的国家机器都不断地崩解、复制、轮回，这当然有许多原因，技术条件不配套是最大原因：欠缺长治久安所需的及时信息传播与迅捷的交通，也缺乏有效的教化手段来齐一化国民。在 19 世纪之前，人类的“国家”仅只是模糊的疆域概念，现代国家则划界到确切的线条。

从多样化的角度检视迄今为止的人类文化表现，中国经验主要是：

（1）象形字 VS 拼音字

拼音嘛，少数一组符号就可以拼记出多个语言，容易学习，也容易拼造新词，约定俗成就行了。但对事物的描绘与沟通，人脑之间还需要产生一致的意象，因此拼音文字的文法必须严谨、合逻辑。就西亚文明早期的众多城邦与族群而言，由于生活需要交易，交易需要人际不含糊地沟通，拼音文字也可以说是那时候的人类在那个环境里的自然演化结果。时至今日，充分沟通需要记忆约 1 万个词语才可确保，虽然字符不过 30 个左右。

而中华文化的象形字，拟态自然界的事物，每个字本身就是个具体的词及与其并存的一个意象，当然也有文法，不过，早期的中国农耕经济的增长主要依赖人力的灌溉与垦殖，那时还原始的技艺与器具的复制相对容易，无须太多语文沟通，象形文字便这样留存了下来。时至今日，充分沟通需要记忆约3000个字符才可确保达意。

就人脑的学习而言，无论拼音还是象形文字都不难，从小学习嘛。拼音字主要是言语听觉的表达，一篇动人的演说写出来本身就是一篇好的文学作品，连带戏曲、歌剧也发达。而象形字主要是文字视觉的表达，难得形成一篇动人的演讲，声音的作用相对降低了，但意象丰富了，包括书法、绘画、诗词都艺术化、意境化。

（2）天道崇拜VS神灵宗教

人类本能就会“认知”神灵的“存在”，前面已经介绍过人脑这样认知的演化基础，早期智人之智，面对海量的未知以及需要慢慢积淀的有知，宗教信仰无疑是唯一的解。

西亚早期的农耕城邦世界以及草原早期的游牧世界，由于地理和气候的关系，小国寡民的城邦、交易和掠夺的生存方式，生命的变数相当大，人与自然的抗争、人际的竞争都相当激烈。信仰神灵、冀求庇佑，既合理化命运，也慰藉了情感。对“超人”或敢于冒险犯难的“英雄”加以讴歌，毋宁是自然发生的。无论早期城邦的多神、部落的萨满或巫师、拜火教、犹太教、基督教、伊斯兰教，西方文化的根是同源同质的。

而产生中华文化的中国大环境，生存相对容易，华人更多地感受到大自然的恩赐与和谐。农耕文明之前的最古老华人，生存压力当然也很大，很自然的也有神灵信仰，但农耕文明之后，生存竞争的压力相对大减，渐渐泛理性地转向为天道崇拜了。

这里面是很不同的。从信仰的角度看，宗教文化基因的排他性强，而天道崇拜的排他性弱。华人社会接受佛教和其他宗教，但呼喊“老天爷”的习性很难改变，其中包含了对命运的接受方式：回归大自然，并且兼容宗教信仰的轮回观或神旨观，因为都是合乎情感、难以验证但可以感受的自然之“理”。

如今全人类都已普及科学的理性教化，科学作为学习而来的文化，当然会跟其他也是要学习而来的国家、宗教、伦理、资本制度等文化有所冲突。实际上，在现代，无论中华文化或其他的人类既有文化，都面对着科学与技术的冲击。

然而，300 年来的科学与科技的演化，智人之智从未如此彰显过、成功过。说它成功，因为人类社会从未如此安逸过；说它彰显，因为人类从未如此深刻了解自己以及大自然，科学的智慧甚至还让人类知道了自己这个物种的命运必须与地球和生态环境共存。

今人以及后人，科学与技术的印记不会改变。“科”字主流下，既存的中华文化或其他文化习性，是人性多样化所必须兼容的点。当下的科学与技术并不万能，也不会演化成人类唯一的文化基因，并且，资本经济制度下的金权，透过话语权、定价权和人性贪欲对人脑的影响主宰着人类社会。因此，多样化这个自然演化的工具，依然是可预见的未来的人性或人道的利器。

比如，虽然比较容易学习的拼音文字席卷了20世纪之后的人类文字趋势，但毕竟文学或艺术等表达的是人群的情性，意象化的华文方块字甚或不同语言的拼音文字，都能引起人脑共鸣、感动。要完全转译表达一篇几百字的中文古籍，花上百万字英文或德文并不意外，而“感动”却是一致的。

又比如，尽管科学化的西医系统业已掌握许多人类疾病的治疗，然而更多中医系统或丛林部落的草药所掌握的人类经验智慧，依然远超科学的理解，因为现代科技尚无法完全解析这些草药的分子成分与人体生理的关联。消灭了丛林及在其中生存的部落或丢失了中医的经验，等于灭绝了一部分人类好不容易积淀出来的智慧。

总之，智人之智，除了科学的理性，更有本能的群性与私性的情感。

前人开发出文字、音乐、绘画、信仰的初衷，是为了人脑间的交流，不是为了可以演化出科学的理性而开发的。自然演化嘛，原先的功能常常演化出意料之外的成果。

至此，暂且当“中国”是个“概念股”吧。

引两个人类历史上的有趣案例：

（1）蒙古汗国

因为没有“文明的傲慢”，蒙古人自古乐于学习周边邻居的文化，蒙古人征服到哪里融入哪里。一方面是统治“文明人”

的需要，少数统治多数的艺术就是得融进去，才可你中有我、我中有你；另一方面也乐于融进去，享受生活。今天的中国人、俄罗斯人、中亚人，乃至中东、印度人，都有一定的蒙古基因同化于其中。

蒙古模式，在中国史上并不是第一次。更早的先例发生在四五世纪，鲜卑的北魏（草原上的匈奴、鲜卑、柔然、突厥、契丹、蒙古等，血缘基因和文化基因是通的）。所以，孙中山起初的革命口号里还有“驱逐鞑虏”，很快就改成“中华民族”了。至于欧洲，也是同个模式，欧洲人的血缘更是“原住民”跟白种“蛮族”（日耳曼、维京等）混出来的，他们通通认祖归宗罗马（基督教）与希腊，跟中华世界通通都认祖归宗中华文化，是同样一个道理。

（2）日本

同样因为没有“文明的傲慢”，日本先是全盘华化，后是全盘西化，两次文化移植都空前成功。华化花了两百年，西化只花了五十年！

可是，今天的日本保留的唐文化最多，成为“日本的”传统文化。

西化之后的现代日本，除了科学与技术，当然也施行资本经济制度，混合在中华文化的传统里，变异得很有趣。第二次世界大战后更穿上美式外衣，把内部的派阀政治做成了美式选举游戏，其实，外务上就只是美国的跟班儿，而经济上则成为美国人现成的提款机，1989 以来经历几次美国金融海啸的压榨，迄未回过气来。这是告诉我们西化的代价以及西式资本霸权的厉害。（日本西化后，为了利益而穷兵黩武，不只日本平民付出代价，整个亚洲也跟着倒霉付出代价。）

今天的华人，无疑延续明清文化。民国初年要剪辫子，那时许多中国人号啕大哭，舍不得那个已经成为习性的辫子。那时的辫子，确乎已是中华文化的一部分。

再往前推。清朝入主汉地，除了服饰、辫子，其他都沿袭明代文化。明朝革了蒙元帝国的命，号称回复宋文化，但元代的戏曲、小说，以及藏传佛教、户籍编制都留存了下来，“元宝”银锭更不用说，大大流传。元代经济制度完全复制宋代，工商流转占岁入的大部分。但明清却复原了农耕经济，甚至于“锁国”。明清的中华文化其实延续的是汉唐宋的农耕文化的那部分，并且承袭宋代的文弱因子多过汉唐因子。

再往前推，宋代中华文化是有个突破的：重文轻武，科举取士、不论出身。这可不是隋唐文化的草原贵族品位，也没有汉文化的勇武风格。并且，宋代工商经济的比重超过农耕经济。宋代农耕的年亩产量比前后朝代都差，因为宋代的中国实际已经转型为工商立国了，虽然表面上还是“以农立国”。既然依赖工商，所以宋代的中国科技是惊艳当时的全球的。

汉唐倒是真的以农立国，农耕占经济产出的绝大部分。汉跟唐的最大不同是，汉代一直需要面对强大的草原汗国的压力，不断延建长城以“隔离或围堵”草原势力；而唐代王室原本就来自草原，把维持长城要花的钱省下来，通通以骑兵对抗骑兵，在草原上打就是了。唐代成为中国史上唯一不修建长城的朝代。

长城一线，大致也就是降雨量的一道气候线，往北是干旱的草地与沙漠，往南则适合农耕。汉到明，一千多年，长城这道栅栏从未真正阻挡得了草原牧民向南移民到农耕地区，“华人”的血缘，尤其是华北，从南北朝直到蒙元，足足大混血了一千年。游牧民既然移民当农民，学习农耕文化、成为“华人”是自然的。这才是“中华世界”的真貌，长城外面本来就是故乡之一。

所以，中华文化存在的连续基因是从周代延绵至今的，农耕、儒、道、汉赋、唐诗、宋词、元曲。中华文化，还真就是农耕、文字、儒、道的综合体。除了农耕是硬实力，其他都是软实力。不过，任何生命现象，承载生存的经济生产力始终都是“硬道理”。

宋代中国的技艺与商业模式都已经非常接近现代水平，那时有些华人精英的思维也近于现代人的科学思维。元代中国把当时的中华文化推广到蒙古经济体（四大汗国），宋代种种经济措施如货币、信用状、特许证等都盛行于蒙古经济体（几乎就是亚欧大陆），以至元青花瓷器成为人类历史上第一个全球“时尚”商品。忽必烈大汗的弟弟旭烈兀的伊尔汗国更出现了第一部蒙古史《世界征服者史》，是以波斯文书写的、以蒙古为中心的当时已知世界的历史。

跟信仰并存的国家机器、经济制度、习俗等文化习性的力道绝不弱于宗教信仰。每个文化基因，包括国家与宗教，跟硬体基因一样，都是“自私的”，都以复制、扩大自己为目的，而资源有限，自然就要为抢夺资源而斗争。

而每个文化基因一旦成为强势基因，复制时间久了，人的因素作祟，就会形成“文明的傲慢”，实际也是一种惯性使然，傲慢的背后，与其说是习性，毋宁说是惰性。农耕在明清达到人力经济生产的极致，看不到跟多元多样化世界交易的好处，自我感觉良好，就倾向于闭关自守了。

17世纪初，明清之际，西欧传教士如利玛窦等已经跟中国士人（如徐光启等）对接，几何学、地球是圆的、地绕日运动等现代常识都已经传到中国，然而一场关于新旧历法的政治突变，连相当接受西方新知的康熙大帝也无法阻拦徐光启培养的百个华人新知识分子被砍头，虽然最终康熙还是颁行了新历（其实就是现代的阳历）。

沿续至今的中华文化，能对科学、技术、资本经济的现代文化起到生命世界“多样化”的作用吗？

现代科学、技术、资本经济为主流的文化基因需要什么样的多样化元素来改善吗？

现代人的教化，家庭、学校、社会，三者的教育有时甚至不兼容。这里，科学理性至少跟伦理、宗教、习俗同等地影响了人们的思维、意识、认知，并且由于科技越来越发达，商品与经济都科技化，科学的理性在人类习性里的比重越来越大，成为现代人重要的第二天性，对人性的塑造，已不下于伦理、信仰和风俗习惯。

所以，影响人脑决定行为的文化基因模具还蛮多的，科学的理性会占上风吗？其他现存的文化基因，“西方”系列的（包括西亚、伊斯兰、中亚、北欧的文化）、“东方”系列的（包括中、日、东南亚的文化）、美洲原住民系列的……能解掉软体疙瘩吗？

中华文化的启示

中华文化，是个比较没有狭隘的族群主义的文化基因，而毋庸讳言，西欧文化最糟糕的部分就是族群主义。族群主义是人类社会的毒癌，这不是单纯的白人种族主义问题，是个“绝对化”思维习性的结果。

近代300年的西欧文化很有趣，科学是人类智慧的极致发挥，资本主义制度也把人类贪欲推向极致，而西欧的白人种族主义则或许是长期不得志的一个心理反应，但西欧的绝对化思维是明显的。

科学，源于找寻宇宙绝对的真理，结果发现宇宙是相对论的、生命是有机演化的。不过，已经惰惯于绝对化的文化习性却不是科学理性可以容易扭转过来的。

中国文化表面上是“大国”文化，其实是融混出来的，从来没有“纯粹”的生化与文化基因的华人存在，都是中华世界的局域经验产物。

人去理解事物的科学理性，模拟、实验、计算、找到事物的结构和运行的法则，当然是无比的智慧。但人类所有留传至今的“文化”，人群摸索出来的共处共存的经验所形成的社会习性，充满人对他人与自我的打量和了解，这更是智慧，因为人群或演化是科学的理性无法进行数字化的精确模拟或实验的，至少今天还做不到。

演化的人脑的功能主要是发挥在维系个人与群体的关系上的，演化的人的文化基因的功能正是为了人类物种的集群生存。而科学的理性智慧，增长了每个人的功力，但集体的功力增长更多，因为科技与器械的开发早已不是单打独斗的事，并且是越来越大的组织、分工才可能完成的事。“人”或“人性”的定义从来就是族群的，从来没有“独人”这样的东西存在过。

现代科学对人性、心理、脑神经运作、人群文化等的探讨已经相当深入，对事物的有机与辩证的整合，诉说着跟中国经验一样的内涵，相当类似于道家与儒家把万事万物一体化的泛自然主义与泛理性主义。

2018 新年前后，好莱坞推出一部大片《黑豹》（黑豹是 20 世纪 60 年代美国黑人争取人权的激进组织），剧情以黑人为主体，以非洲自然景观呈现美感，结果票房热卖，轰动全球。实际上这反映了美国式的辩证：一方面，西欧白人种族主义已根深蒂固，不要说黑人或有色族群被歧视，就连犹太人、爱尔兰人或伊朗人等白人“异教徒”族群也经常被歧视；另一方面，却还可以产出、包容并流行这样敏感的影片。

自从林肯打完“解放黑奴”的南北内战，已过去了 150 多年，黑人民权运动也已过去了 50 多年，美国各地的族群分裂依然非常严重。美国的教化历来都极端高调地宣扬爱国主义，虽然美国无法自圆其说为一个现代“民族国家”，但辩证地说，美国若甩掉“民族国家”这个西欧包袱倒是一点坏处也没有。德国要打完两次世界大战才想通，什么“民族国家”，本来就跟法国同根，相煎何急？于是跟法国一起搞欧盟。英国感觉有可能被边缘化，于是脱欧，想跟美国套近乎，不料美国却霸权风光不再，可能走回孤立老路。

中国经验里没有绝对。汉代一开国就对上匈奴汗国鼎盛时期，汉武帝把前面三代人的积蓄都用来对付草原霸权，为了跟匈奴汗国争取西域，不惜血本，对“外人”比对自己人要好得多。中国文化当然有华夷之辨，但哪个族群没有？而像中国这样在 3000 年前就宣称：只要学会中国文化就视同为华人，连入籍手续都不用办的，绝无仅有。

中国城邦世界的局域经验，放大了就是全球国际格局的经验。从这角度，中国经验不只是人类社会文化的多样化之一，而且是 1/5 的人类具体花费了近 180 年才从农耕文明的巅峰过渡到科技文明的亲身经历，其中的坎坷与教训，已可启示全球。汉匈战争从汉武帝开始，打了 200 年，直到东汉才结束，两败俱伤。结果农民不可能去草原变成牧民，草原只不过换了批牧民而已，牧民继续掠夺农民……这样的轮回直到明代张居正“隆庆开关”，既开放长城边贸也开放海港贸易，牧民与海盗都不掠夺了，交易至少是不用冒生命风险的。

道理是一样的，中国、美国、俄国，伊斯兰教、基督教，等等，都是多样化的人群文化的一支，都有人类可以互通互联的智慧存在，并且都存续了各个人群社会。因此，通通也都不特别凭什么，因为通通都会学得到，相互影响。

历史上，西欧列强的祖先是5世纪之后才陆续迁入欧洲的“诸部蛮族”，只比中国历史上的“胡人”陆续迁入华北晚个百年左右。跟迁入华北的胡人华化为华人一样，迁入欧洲各地的蛮族也接受了罗马帝国与基督教的教化成为欧洲人，再也分不出彼此。老账再无可算，算也没意义，跟清末华人留辫子、现代华人剪短发，是一个意思，没被自然淘汰的，都是文化。

历史会启发智慧，因为前人绝不比今人笨。当然，历史可能会激发诸如复仇或文明的傲慢等负能量，但也可能激发正能量，开启新的智慧。人嘛，都是活在当下的，都为今天的生活而活着，旧习性虽然牵扯着今人的脑袋瓜，但旧习性其实也是不比今人笨的前人的经验与智慧。

科技给全球化带来一个意外好处：旅游越来越经济便捷之后，各地人际接触越来越频繁，对于不同的风土人情，越来越不构成敌意的来源，反而增长了好奇、理解的正能量。加上越来越自由的信息流通，作为“个人”，越来越容易接受、包容彼此的不同。

但也不难发现：作为“群体”，趋同的本能倒可以瞬间无限放大敌意。比如，美苏冷战时期的歇斯底里程度，至今仍然影响人们的神经。类似情况也发生在南斯拉夫崩解时期，等等。

甚至也是今天日本社会的长期病症，第二次世界大战时期，集群的日本人是非常暴虐的，但日本权利精英至今毫无悔意，以致意图改写或淡化历史。知道生病，还有可能找到病源、施行医治，知道生病又拒绝看病，那心理病变就很难医治了。

群体里头真正引发冲突或敌意的因子，主要还是国家与权利的意识，而操纵国家与利益机制的也就是权利制度下既得利益的权利精英。300 年来，大商与官僚们谱写了“资本主义制度”，一开始时宣称：自由市场的自由竞争可以满足最多数人的最大幸福；后来又宣称：国家的货币力道必须介入市场以避免经济崩溃。那到底“资本主义制度”的文化和理念是什么呢?我们很容易发现：资本经济的演化，始终仅只是“利润”驱动，而且越来越变本加厉！

人脑或人力是天然的生产工具，但 19 世纪的资本主义激发出劳工与资本者的激烈矛盾，因为资产拥有者把“人”当成纯粹的生产、获利的工具。于是马克思提出共产主义理想，回归人道，于是有了俄国以及中国的社会主义革命，于是有了资本主义跟社会主义阵营的冷战。

“经济”是人群的现象，经济学作为科学，必须数模化一个人群的经济体，才可演算、推论出结论，但“资源”与“需求”两大参数的设定却难以写出个近似的动态数理模式，简化、推衍的结果只能是“理想状态”的极端，而实际并不可能那样发生。而简化的人的因素，类似前面刚提过的用电脑模拟两个对立的人性因子的社群案例，“纯粹”的社会不会存在，更何况人类社会的现实一直是既不自由，也不平等，同时又具备有限度的自由与平等。权利制度与科技力量，才是人群经济的真正的动态边界条件。

现代的资本经济制度，跟国家主义牢牢挂钩，实际是凯恩斯式的国家资本主义，以举国之力（包括货币战争手段）庇护本国的权利精英（资本集团）获利，所以，第一世界老大的美国，当科技创新或制造转移可以获利的时候，“全球化”的话语天天挂在嘴边，恨不得一下子全世界零关税，管他各国的生态或劳工福利。而一旦竞争失利，立马什么反倾销、反人权啦，筑起变相的关税壁垒，甚至反全球化。原则呢？赤裸裸的图利罢了，而且仅只是图本国权利精英资本者的利润并抽税豢养庞大无比的官僚集团而已（华尔街的金融组织通通可以算是隐形金权的“官僚机构”）。不但本国内部贫富悬殊加剧，第一世界跟第三、第二世界的贫富悬殊也越来越严重。

这样的国家机器下的营利模式，宋元时期的中国已经演练过400年，印钞票、刺激消费、生产商品、流通商品、政府抽税、货币贬值、再印钞票……循环直到改朝换代，算不得什么新鲜事。欧美的权利精英是没看到呢？还是装糊涂、忽悠老百姓？

再强调一下：人群的“经济”，是因应真实的存续需要而存在的。

生产、流通、交易、货币、税与利、服务、管治、计划，都是真实的需要，因为资源有限，所以便组织人力与脑力来满足经济、优化资源的利用。

定价与利润的制度是人为的设定，虚拟的。

单纯利益驱动的经济，无论再怎么最大化利益，都是虚拟经济、泡沫经济，必定崩破。因为经济的实体需求和产出大致是平衡的，每个人每晚只能睡在一张床上、每次只能戴一只手表，即便炫富，多几张床、几只手表，也就到头了，再多，便是“库存”、虚拟经济。社会经济实体的量，以及经济实体的需求，自然有个跟人口平行的数量级极限，超过了，玩的就不是需求而是贪欲，需求是可以满足的，贪欲则是永远填不完的。

人类的实体经济一直跟人口数量紧密相关。

为什么拿中国说事，是因为华人数量级的生存经验丰富，事例多，熬过许多次亡国灭种的危机，看破了人性，通透了人道……华人依稀知道：科学不只是解析时空的智慧，更是集成整合“天下一盘棋”的智慧，而自然演化并不存在无限大的贪欲，更不存在无限寿命的公司。

就经济学而言，人群社会的国家与权利制度本身，是个数理分析模型的边界条件，可以是资本经济学或伊斯兰经济学或中华经济学……表述在权利制度游戏规则下的经济分析与模型。这里，西欧资本经济制度已经演化出明细的游戏规则，社会矛盾因此有更多的机会曝光并解决，尽管一切为了私利而非公利。这里，人们也会看出金权、政权、官权、神权的平衡态以及潜规则。对这些信息的察觉，便是可以进一步改善的基础。

“资本”有三项可以生利的方式：利息、租、知识或技术。

资本经济制度的国家机器，法制化银行、金融，明确收取利息的规范；法制化土地与资产的拥有，明确收租规范；法制化可以私有化的技术专利。并且，还法制化对这些私利的税收规则，用作公利并豢养官僚。人们可以不满意这些资本不劳而获的生利方式，透过立法去累进利得税率、严格编制法以减少官僚人数、公布发钞机构的利得税，等等。这当然有难度，因为资本经济的权利制度偏向于保障私利，所以“公司”所受的监管远不如政府机构，但游戏规则仍在演化中。今天的资本经济学，早已不是 100 年前或 150 年前的“资本主义经济学”，尽管还是同一道课题。

从经济学角度，利率跟通货膨胀是一体的两面，这是资本经济制度的死穴，只要存在利率，通货必定是膨胀的（每年 2% 的增长，256 年下来是 159 倍，而 3% 的增长则是 1933 倍）。而释放人性贪欲的结果，每代人的欲求大大增加，只好加速开发地球资源，并形成泡沫经济，因为已投资的许多资产都过剩（比如，房子、生产线等），等于强迫社会回到人口经济以消化库存与产能。但这不是人类经济行为的目的，事实是：人的欲求（占有或消费资源）是文化与制度的教化结果，而地球资源是有限的。只有人类才会天才到想出用永不停歇的时间来敛财，利息，是所有经济活动中最虚拟的人为项。

由于科学昌明，人类的理性终于理解到经济最终的边界条件是地球，因为人类存续所需的资源无不来自地球的馈赠。时间也许是仅有的永不匮乏的资源，其他可获取的土地、林木、矿产、淡水、渔产，甚至空气等，都有枯竭的极限。而人在自设的权利游戏规则里玩大富翁游戏，但消耗掉的资源却未必可以再生回来。天下毕竟没有白吃的午餐，这才是最基本的经济理性。

中国的现代化也面临跟西欧类似的困境：

需要开发出中央管理制度具体可行的、一致的、长治久安的游戏规则。对于官与商形成的体制性贪腐，修整中央管理制度的最大关卡在于执行与监管：编制官僚体系上限，以阳光法案约束吃公粮的人，公平赋税（开征地产税以及累进税率的利得税），透明财用。

成也人的因素，败也人的因素。人，要有教化，又要有约束，而改良权利制度并不仅只是政权的行政、立法、司法的平衡，还要有金权的顶盖，以及知权的诚信和流通！

第六章　探索人类社会往前的道路

我们身处其中的这个宇宙演化了约100亿年，才有我们这个太阳系和地球。地球演化了约10亿年，才有生命出现。然后，生命世界又演化了近40亿年，才有哺乳类、灵长类、人类。演化本身是随遇而安的，没有目的，智人之“智”只是生物适应环境的其中一个可持续的解。我们这支集群生存的人类，智人，演化了约50万年，出现了科学理性。就演化而言，这是目前宇宙里最高级的智能。在地球的时间长河中，人类的群与智交叉演化，产生了人类社会过去5000年以上的权与利文化软件，以及语文、艺术、信仰、国家等软件，开发了农业与游牧、科技与工业的生存方式软件。人类的智与群交互作用，形成软体，透过教化而遗传下来，这就是人类历史的实相。

跟生化基因组类似，文化基因组也有显性隐性的分别，激活显性的基因也是有条件的。农耕文明是人类规模集群的起点，相应的条件当然是合适的气候与地理环境，而人群对应的智力开发，除了隐性的知识能力蓄积需要语文沟通与艺术表达之外，显性的组织与计划能力需要执行分工分配，自然就开发了权利制度软件，权与利的文化伴随着农耕集群的数量级而牢固、深化、变易。权利作为农耕以来的人群文化习性，成为第二天性，表现在人群社会的方方面面，政治的、经济的、文教的……到目前为止，是跟农业生产方式勉强匹配的。

300多年前，西欧人群通悟了科学的智慧并很快进入科技时代，生产方式工业化了，虽然农业生产还是生存的必需，但相应的西欧权利制度里的经济金权也独大了。此后，科学与科技成为地球人真正一统的显性文化基因，连带资本金权也成为显性的社会权利。

事实上，智人之智是了不起的，尽管囿于人类自设的权利制度，人们一时没搞清楚数千年的人类历史轮回就是因为人类万年来的农耕社会还没有演化出完善的权与利文化，但科技时代才200多年，科学的智慧已经让人们清晰地认识到，不但社会的权与利文化需要跟科技的发展匹配人类才可生存，而且人类的科技本身（包括农耕）实际就是加速演化的动力，靠数量级与概率、存在与复制的自然演化的速度，不单人群社会文化，连整个地球的生态也远远跟不上科技的变易。当下与未来，智人之智都需要提升到地球的人之间、物种之间、资源之间的意识，自然演化出来的智人之智才是自然的，而不只是“人工智能”。

科学与科技，西欧开了好头，人们只要肯学都学得会。权利制度，古人开的头，科学之前的人一直在权利里头转，不肯改，成了地球人的陋习。科技时代，权利的力道更大，积习更难改，但已非改不可了。就前面几章的叙述，西欧的通悟科学跟资本金权的制度化性质是不同的。科学是真正意义的突破，金权独大则是暴发户的霸道，所以经济跟政治也不“共和”了，金权还在甜头上，即使科学发达，欧美还是不大可能革自己的命、引领人类权利制度的改革。就中国的文化底蕴看，率先摸索出真正“为人民服务”的权利制度是可能的，因为就像土地制度、科举制度、文官制度、工商经济，这样根本尺度的革命，中国都是人类历史上率先突破的。中国文化非常以人为本，也充分理解人与自然的有机统合，中国能现代，就也能改革权利的陋习。

若从竞争的角度看，温带气候的中国农耕经济，大约在 17 世纪达到极盛，终明清之世，精耕细作使得粮食亩产量近于 230 公斤 / 年，超越当时地球上任何地区的生产力，由此支撑起一个手工业也繁盛的、人口庞大的、血缘与文化混融的农业国家与文明。但是，18 世纪之后，清王朝虽然主要以火炮永远终结了游牧机动的草原国家机器，却不自知另类的海洋机动国家机器已然兴起，依赖机动力、交易与掠夺为主的西欧城邦文化，终于比“天人合一”的中华文化更先通悟了真正的天道——科学，从而掌握人类生产力的量子飞跃，彻底打败了世上所有的既有文化。科学与科技的生产力催生了现代资本经济制度，金权一跃成为现代国家机器里权利制度的主轴。

中华文化，加上人类其他幸存的文化，包括伊斯兰、印度、玛雅或印加，以及丛林与海岛人群的文化……通通都有同样的大哉问：西欧的科学与资本经济，是人类终极的生存之道吗？

仔细回顾如今还幸存的人类文化或遗迹，其实无不暗合科学之道，尽管各地的前人没用“科学”这个词。不然埃及前人盖不了金字塔、大洋洲前人到不了夏威夷、中国前人也无法开发黄河与长江流域……所以，是的，西欧科学理性的智慧确实是人类共同的生存之道，但是西欧的资本经济制度一定不是全球人类的生存之道。300 年来科学与科技的发展支撑了西欧资本金权对全球资源的掠夺，增长并护育了“第一世界”的经济与生活水平，如此而已。

地球各地的环境并不相同，自然适应于其中的生命形态与人类社会形制都是多样化的。如今依然幸存的中华文化与其他文化，护育了绝大多数人类的存续，自有其留存的道理。人类具备科学的理性了，科技又保障了人类的生存，人类文化基因里“竞争”因子的演化意义已经不大，现代人该当演化“包容”“博爱”等文化基因来确保人类与物种的未来了。

鸟瞰人世，过去的 300 年，生产技艺一直在拽着人类社会向前走，每一件新兴的技术与产品的应用，只要人群之间不完全隔绝（看到的、听说到的、摸到的东西，也都算接触），都会迅速普及并影响人群的经济、政治、文化生活。世界变化之快，快到世人恐怕没时间适应，我们这颗小脑袋瓜子，光应付当下的新兴事物都来不及了。

1687 年，人类才知道万有引力，从此物理和数学挂钩，科学的理性开始在人脑里发轫，数、理、化、生与各种工程的知识和技术都迅速积累；1776 年有了蒸汽机，以煤碳为动力，从此解放了人力与畜力；1875 年有了发电厂，从此电力化人类城市；1903 年才有飞机，1942 年就有了喷气飞机；1905 年知道了相对论，1954 年就有了核电站；1915 年才开始使用固网电话线，1981 年便启用了无线移动电讯；1946 年有了电脑，1966 年就有了信息网络；而 1953 年知道了 DNA 结构，1982 年基因工程制药就有了胰岛素问世、1983 年就有了转基因烟草问世……

这些科学与科技的成就都发生在欧美，300 年来欧美一直引领着全球。科学，作为需要重复学习才会安装到位的文化习性，在欧美已经教化了 300 年，科学的理性已近于成为欧美人的第二天性！相对而言，科学的发端在日本晚于欧美 150 年，在中国更滞后欧美两个世纪，科学仍在世界各地人群的安装之中。这个教化的时间是欧美领先全球的最明显差距，科学的理性或习性，都需要相当长时间的演练才会成为文化。

科学与科技带来生产力的量子飞跃，使得欧美无论民生和军工产品的性价比都长期稳占世界鳌头，也使得欧美霸权主宰全球，连带其资本经济制度的影响也扩散到世界各地。作为欧美的显性文化基因，科学和资本经济迅速被世界各地人群复制。

然而，5000 年来，时空上存在过的任何人群社会，也因袭了更为强固的其他文化习性：国家机器，以及金权、政权、官权等的权利秩序。这些第二天性实际规范了人群的思维、意识、认知、行为，当然不是新近安装的科学理性可以轻易撼动的，面对利益的时候，欧美人经常理性不敌习性。现代欧美本身一直是由金权阶层掌控的，透过各种话语权制高点来形成教化、影响全球。像美国高喊“人权”而白人种族主义依然盛行的矛盾，现代科学的智慧并非完全有用。

政治话语

人群社会的分配、管治、组织、规划、执行、教化都是需要大大发挥智人之智的事，精英领导或统治是生物学上的必然。但人类历史却演化出政权、官权与金权等非自然淘汰的权利阶层，等于大量世袭的权利“精英”掌握社会资源的分配，导致5000年来的历史轮回大部分不关理念或理性，而只是争权夺利的争斗。

自有历史记述以来，权利精英阶层因为理念或未来规划而起的政治突变并不多见。勉强算起来，2000年前的中国新王朝（王莽的平均地权）以及1000多年前的宋王朝（赵匡胤的重文轻武）可以算是显例。西方则在7世纪之前的2000年间发生过3次宗教信仰的转折点，佛教、基督教、伊斯兰教的兴起所关联的政权与教化都可以算是案例。从这些不多见的案例以及王朝更迭的频繁可知，任何政权或政治话语的维持都不那么容易。

资本经济制度的兴起是个渐进的社会变革，威尼斯商人在大约300年的时间里静悄悄地改变了西欧国家机器原有的权利制度，个人金权在18世纪前后开始凌驾政权与官权，永远地改变了国家机器的性质，很快就发生了高举“自由、平等、博爱”理念的法国大革命，西欧的王权政治开始崩解。这是近代第一次的理念驱动的政治话语。

而平行发展的科学与技术的勃兴，更加速了资本经济制度下的金权扩张。但这个新兴金权，由于是私有的，更具备生物基因本能的侵略性。金权，跟信息、知识、信仰一样，是没有国界的，隐然掌握了国家机器的资本经济制度，对国内跟国外的掠夺都一样残酷，100 年内便促成社会精英反思而有了马克思的共产主义，不久，20 世纪初叶的俄国就爆发了社会主义革命。这是近代第二次的理念驱动的政治话语。

理念化的政治话语，比之传统的军政强权话语，更“全球化”。一方面，因为理念本身更具备科学式的理性或宗教式的信仰，更易于人脑共鸣；另一方面，社会主义跟资本主义，其实就是人性里头的公性与私性的两极，辩证地说，就是人性的两面。

第一次、第二次世界大战，都是西欧列强的权利精英阶层的强权话语、利益的纠葛。

第二次世界大战后，国际社会深陷于美苏之间的冷战，资本主义与社会主义的意识形态“冷战”，因为人类业已拥有核弹等大规模杀伤武器，战争成为不可承受之重，非以理性解决分歧不可了。怪异的是，即便美国内部迭经反越战、黑人民权运动等理念驱动的政治运动，冷战本身却越来越不理性。为什么？

这样，又得回到人性趋同的本性以及社会教化出来的文化习性了。

由于现代科技，电信、媒体、信息网络，所有人脑接受到的刺激信号之大量，跟前人相比不啻天渊之别，现代，更是群体歇斯底里症候的多发时段。而以美国人的资本建制、自由理念、科技，黑白族群依然分裂。以日本人的整洁与美感习性，更居然宁可空白第二次世界大战的史实而逃避历史真相……

现代教育与家庭、社会所进行的教化，受制于人类历史演化出来的其他文化基因的影响，科学求真的理性在教化里的比重，远远不如权利制度的习性，甚至未必超越风俗习惯。

无论过去的王权或今日的金权时代，当下人类依然活在自设的权利游戏规则里，这是人造的虚拟世界。科技已经几乎能够用上全地球的资源，经济上的供应早已大于需求，人们却没被教化出真实地跟自己的历史、物种、地球、宇宙接口的习性，反而不断扩张贪欲、占有虚利。

科学的理性，既是人类的强项，也是今人的弱项（资本经济制度将之作为工具）。如果我们仔细思量，不难看到：人类脑袋瓜可以不用转译就沟通明白的，音乐、绘画、雕塑的共鸣占一大部分。些许转译就可以沟通明白并学会的，数、理、化、生的科学知识占另一大部分。其他任何涉及人的因素的东西，投射利益或情感习性的政、经、社、文、史课题，虽然可以100% 转译，却都存在沟通的难点：内容难免有关联的“利益”或“情感”的意图，扭曲了彼此的认知。

科学的理性以及音乐绘画等艺术如果不能成为人类教化的

大项，是无法根除群众歇斯底里症候的。文盲易治，心盲难医。

纵使人类越来越具备自省能力，除非全部精英都理性地反思国家机器与权利制度对人类社会的演化作用，才有可能激荡出对人类社会变革的理念。

今人的政治话语，会越来越感性化、全球化、“合理化”、人道化。

未来社会，知权必定会成为最大的权力。而信息与知识的自由扩散下，知权不但全球化，也全民化，这才是“自由、民主”的基础。当然，未来法律也需要保障所有人都有受教育的机会，“法律之前，人人平等”才有真正的基础。愿知不愿知、肯学不肯学，是每个人的自由选择；学不学得会，看每个人的努力与天分。这样的社会才是“自由”、“平等”的。

经济话语

人类在经济上的演化很单纯：养活人口嘛，当然需要自然资源。

老天爷使“人”这个物种演化出智人之智，人脑就是人的最主要资源。地球冰期时的狩猎生存、用火与石器制作，使得人成为顶级掠食动物。万年来的地球暖化，气候与环境更有利于生存，容易取得水源的地区的人类自然地发展了种植、定居、畜牧、农耕，从此加大了集群化，村落、部落、城邦、国家。不容易取得水源的沙漠和草原地区，人类也自然地发展了游牧，集群化照样扩大成为部落、国家。前人的集群化未必是有意识的选择，那时候，暖化的地球使得人口自然繁衍兴旺，各地的人类群落都越来越大。

当初因为群落生存方式而演化出来的人脑，“智慧”的产出，源于群性有趋同、沟通、协作的必要，因为很明显，单凭个体人力，人类肯定不敌其他掠食动物，即便以群落觅食，掠食动物里的狼群、狮群依然是人群的大敌。火、工具、器械等的开发与应用，加上群体的协作，换言之，智人之智，合群的智慧，方才最终使得一切动植物种成为人群的生存“资源”。

农耕的资源有：种植驯化的植物（谷粮蔬果等）、畜养驯化的动物（牛羊猪狗鸡鸭等）。游牧的资源：主要是机动力的来源，驯化的马、骆驼、麋鹿，等等。交易，无论对群内或群外，都是必需的。游牧人群不用说，定居的农耕人群也有交通的需要，很难想象一块自然资源可以完全自给自足的农耕地盘。

这些生存资源的获取都离不开脑力与人力的运作。而集群化越大，脑力相互激荡的越多，创新突破的频率越高，并且，由于工具与器械的应用越复杂，社群越依赖分工与专业知识，人类对“资源”的组织、计划、管理、分配都形成正向反馈机制，自然而然演化出国家机器、权利制度，以“管治”群体的人脑与人力资源。

农耕文明演化5000年后，300年前的科学是人类智慧的一大量子飞跃。透过学习与沟通的本能，西欧开端了科学理性的通悟，突破了人脑演化的天然限制。很快，人类科技可以获取并利用的自然资源便不限于动植物种，地球生命圈之外的材料也都成为人类的生存资源，包括金属、煤炭、石油，甚至风、海潮、洋流、阳光……

18 世纪开始，人类社会的机动力不用再倚赖畜力，生产力也不再仅仅倚赖人力，通通转而倚赖自然能源产生动力或电力。科学与技术自然地成为经济话语的最重要成分。

经济，就是要最优化资源的利用、最大化满足个人与群体的“需求”。需求，是人脑（心）的欲求指数，随人而异。比如，农耕城邦欲求机动力，游牧部落欲求谷粮，但马匹或谷粮的交换“价格”随不同时机而涨落不一。对应的国家机器与权利制度就有了“定价权”，这不只是经济商品本身的性价比的问题，这成为权利的角逐。

历史上的案例很多，邻国之间大都是农牧产品与器械的交易；远程贸易，限于从前运输不便，更多的是技艺产品的交易（瓷器、丝绸、金银工艺品）。对于定价权，不只制造商或国家机器有话语权，在信息并不对称也不易取得的年代，贸易商或中介商也有话语权。

近代以来，运输与信息都越来越便捷，现代经济话语权或定价权就越来越只看技术含量：越难被仿制的东西越贵，包括科技产品与艺术创作。但资本经济制度只专注于产生利润，所以，相应的国家机器便推出关税壁垒与知识产权两大门槛。

但科学与技术都越来越普及，关税与专利障碍也无法庇护资本获利，于是就有了“金融经济”，以货币、股市的虚拟经济，流转资本而投机获利。整个虚拟经济的游戏规则都在大资本的掌控下，因此，金融或虚拟经济的本质是不对等的“经济诈骗”。人性本能会“预测”“计划”，相应产生贪利、冒险、赌博的本性，这些人性被虚拟经济玩透了。

现代的经济话语权，当然主要围绕“定价权”转。

现代资本经济制度维护定价权就是维护金权私有的利益，正当的利益靠创造、发明，这些是真正的自由竞争的优势，比如好莱坞的电影、硅谷的高科技或者特斯拉公司的电动车（所以，马斯克不在乎专利“权”）；赖皮的利益则靠国界、武力、金融制度、专利制度，这些是垄断与不自由的竞争，当竞争力（产品性价比是最明显指标）不及格的时候，公司为了利润就诉诸歪门邪道（所以列强的律师“产业”才会有惊人的“法律服务业”“产值”）甚至干脆武力掠夺。

而挫伤人类正常经济运转最大的莫过于国家机器介入的货币政策，以国家之力，集中一批精英，专注于没准备金（也不准备回赎）的印钞票游戏，一开始就是金权透过国家机器主导的骗局、一开始就存心以通货膨胀来让整个社会买单，等于资本精英阶层诈骗当下人群，因为一切当下商品的价值必随通货膨胀而缩水。1971 年美国准备永远赖皮，宣布美元与黄金脱钩、“开放黄金价格”，当时 1 盎司黄金值 35 美元，2016 年“涨”到 1300 美元，相当于 40 年间美元每年连续缩水 8.6%，而这期间的银行平均存款利率连通货膨胀率的一半都不到。难怪今天的美国人会反精英，美国上层 1% 的官商“精英”越来越富，中下层的99%人民越来越穷。这还是美国的境况，放大到全球，第二、第三世界的人们更被整惨了。

今人必须恢复经济的基本理性：天下没有白吃的午餐。

所有人口的供养，无论活在什么生活水平，资源必定是从地球获取而来的“实体经济”。无论经济话语权如何定价，“财富”是人为的东西，人设定的“值”就只在人类社会里流转，有人赚就有人赔，现代人用掉后代人的资源，后代人就得为现代人承担结果。

地球与生命现象从来就是全球化的，古人动作虽慢，但狩猎范围也早已遍布全球，自然资源的利用与分配一直很自然地平衡为生态系统，即为大自然的“经济”流转。大自然的生态可从未浪费任何资源。

前人开发出文明与文化之后，人类反倒越来越自限于国家机器、权利制度、王权、官权、金权等这些人造的框框了。人造的虚拟经济，除了再分配、再集中“财富”，实质的经济产出或资源的利用，还就只是维持了代复一代不断增长的人口及其生活水平。

所有人造的或人为定义的“财富”，生不带来，死不带去，仅只在地球上的人类社会流转，而且也不过就爽了占有它的权利精英一阵子而已。但用掉的、浪费掉的资源，以及破坏掉的生态，却未必可以再生。这才是人类“经济”的现实面。

地球上，只出现过一个理性的、可持续的经济话语：生态经济。

这是今人的伟大成就，虽然相应的制度还没开始，还需要一段时间磨合或革命，因为控制生育、减少物欲与浪费等习性，需要人们培养不同的意识与习性（对人们既有的生活习性是一种“牺牲”），而人脑的生理特性是惰于改变、耽于安逸的；更何况生态经济妨害了所有的既得利益集团，包括国家机器与资本阶层。但，这正是今人必须发挥智人之智的地方。

文化话语

文化，好像有点抽象，把它的实质看透，其实就是习性，就不抽象了。

人性，爱新奇（学习是本能的需要，好奇是配合学习的本能）、爱漂亮（美观的定义随人群而异，大抵从群体的认知而来）、爱竞争（可以追溯到吸引异性的本能）……灵长类嘛，猿猴有的，大概人类都有那么一点儿。演化到智人的程度，跟“他人”互动的深度与复杂度，比猿类高了不知道多少个数量级，人性就表现在复杂的人类文化习性的开发与复制。

文化，都是群体的属性，确乎是现代心理学说的，压抑许多自我本能的冲动或反应方才造就出群性的“文化”，实际也是一种秩序的显现。猿群里经常发生“革命”，因为没文化，社群秩序不怎么稳定。当然，猿的寿命没那么长，秩序不需要也不用维持太久，以免妨碍世代交替更新。这是演化的逻辑，自然的天道，人类的文化基因也有自然演化的基础，都有利于人群对生存环境的适应。

文明以来，自然演化出来的家庭制度之外，人类最根深蒂固的文化习性在于国家机器的维持，集群管治的公利和王权世袭的私利在这里扭成一团，剪不断、理还乱。王权世袭简化了头领的继承，虽然不能完全避开政权世代交替必有的不安定，至少血腥争夺政权的社会代价是大大减少了。王权占有国家机器，伙同官僚集团与利益集团，分赃式的朝代轮回数千年，成为人类蒂固根深、难以创新的文化基因。

资本经济制度抬举个人金权，成功地将“个人自由”教化为人性之首（虽然理性地说，宇宙里不存在完全不受边界条件限制的“自由”）。现代的资本经济教化合理化贪欲、释放个性，为了利润与利益，几乎没有道德底线。今天第二、第三世界碰到的商品造假、仿制、性能规格忽悠……种种恶行劣迹，乃至工人工作环境恶劣、过劳死，等等，都是第一世界从前发生过的事。而为了降低成本、增加利润，实体经济的制造业大量转移出第一世界，恶行劣迹在第二、第三世界里重演。这就是今天的现实。

实际上，社会所展现的政治、经济、文化话语，这些话语权都从属于国家机器的权利制度，话语权之间的联结性很强，权利精英的影响力很大。在当前的资本经济制度下，利润挂帅，文化话语也急功近利。

18 世纪之前的文化话语，在西亚和欧洲主要是由宗教组织塑造的，在东亚主要是由书院与朝廷塑造的。从人类历史演化的角度看，5000 年来人类社会无论农耕或游牧，由于实体经济主要依赖人群自身的人力，集群共存而自然演化出来的国家机器下的文化习性，各地人群都有差不太多的伦理、组织、信仰等的教化，软体内容其实也差别不大：敬天、敬神、爱家、爱国、学习、理智、忠诚、勤奋、俭约、勇敢、宽容，等等，全球相当一致。无非具体的仪式、标签、象征不一样。

18 世纪之后，金权私有的资本经济“自由化”了教化的内容，更多地释放了人性之私，贪欲与创造力联结、性欲与文艺创作挂钩，确实大大激荡了人们的脑袋瓜。

而平行的科学与技术发展，动力、电力、电子产业接连兴起，各种商品的款式和数量大增，城镇蹿升为超级大城市，人际空间大大缩小，生活方式大大改变，文化习性不得不跟着适应、演化。商品及其广告塑造文化习性的程度并不亚于家庭与学校的教化，商品越来越科技化，科学与技术隐然成为现代文化话语的主流，尽管表面形式仍然是艺文的美观。现代的市场营销或广告设计就“直指人心”，大量依赖心理学研究找出的“人性弱点”（人脑的反应模式），时尚、流行、风潮，这些人类的“文化”或“习性”元素，直接被制作出来，并且还能相当程度地调控其时效以刺激喜新厌旧的人脑（好奇的本能）。

科学与技术变革人类文化的程度与速度，不用说老式社会，哪怕十年前的社会，都需要努力适应科技的急速发展。实际上是科技在拽着现代社会走，影响经济、文化、政治，虽然当下的权利精英还假装依然是他们在当权。

现代的文化话语权，教育体系的教化当然仍是主流。

专业从事教育的公立、私立学校，涉及课本、教材、内容等等。教育是需要资源的，而即使同在一个国度，社区里的学校所能获得的资源（包括师资和设施）也不平等。权利精英阶层靠私立学校来教育子弟，等于隐形地把知权也世袭化。这里，怪相百出。

比如，美国有个小市镇的议会“决定”：科学未能证实达尔文的演化论，所以，该市的公办中小学校不得教“演化论”，只能教“上帝创造了世界与生命”。这个在美国发生的特例，令人毛骨悚然，因为毫无理性可言，并且滥权到剥夺了孩子们的知权，等于对自己的孩子们洗脑（长大后，有可能跟全世界格格不入）。重点是，信仰坚定本身或许可以培养孩子们有益的性格，但封闭科学的理性绝对有害孩子们的成长。

可以看到，文化话语的维持，有许多弯路。

教育体系之外的文化话语，更有从前所无的“社会教化”：文化产业。

既然称为“产业”，当然是商业性质的、以赚钱为目的。

比较明显的文化产业有：传统媒体（书籍、报刊、广播、电视）、电影、网络、广告、文创（音乐、舞剧、艺文等）。由于商业化，文化产业随时放送着天量信息给全世界。目前，全球传统媒体产值超过 1 万亿美元，电影业近千亿美元（美国好莱坞占电影业 40% 份额），互联网超过 3 万亿美元产值，广告业则近于 6000 亿美元。文娱与艺术性质的文创业，有许多不同的统计数据，但跟其他文化产业多所交叉，难以细分，大致是万亿美元数量级。

文化产业当然也买卖信息与知识，但现代网络业一般都提供免费的（或低价的）信息与知识平台，流传迅速、覆盖面极大，正在成为最有效的文化话语工具，超过传统媒体。广告业则大多是商品的信息，虽然也会带有一些文化话语。

文化产业，大概永远无法细细区分出明的暗的文化话语权作用，上述数字无非是说明这个产业的规模，并由此看到这个产业的从业人口。就美国的情况，相关文化产业与教育体系不少于 GDP 的 20%，由于人力的比重大，相关的就业职工超过 2500 万人；而且，美国的文化产业出口值目前约为每年 7000 亿美元，超过军火出口值。实际上，所有国家机器都努力扩散自己的文化话语，美国显然最成功。

由此可以领略文化话语权的重要性。

所有人类的“文化”基本上就是“习性”。话语权，其实就是要扩大、复制自身已经熟悉的文化习性。300 年来的西欧资本经济，在全球复制私有财产的意识与习性，因为私利贪婪是人性的共同点。而美式“自由民主”的意识与习性却无法复制到全球，因为虽然也有一些人性共通的理念，但美国社会自己都做不到“自由民主”，别人看不到一个可以学习的模型，就更不需想象值不值得学习了。但美式文娱作为一种文化，却很容易风行成为全球时尚。

目前，反倒是文化话语最全球化。第一世界的文化产业发达，透过文娱产品的扩散，复制到全球各地的欧美文化日益普及，而反向的文化扩散也很普遍。电影、电视、网络、媒体，对“世界大同”的贡献已经浮现出来，全球人群之间从未像今天那样广泛地相互了解、相互学习、相互模仿、相互趋同，并且，各国文化在这些平台上都是多样化的元素之一。

人类是集群生存的物种，既然集群共存，社会自然演化出诸多避免人际摩擦的规则、组织与习性，这些智慧透过教化而复制给后代，就是人类的“文化基因”。未来世界信息透明，人人都有知权，等于公有化各种知识与信息，因此，权利制度必变革为服务制度，权利的习性必变革为规划、设计、执行的习性，权利精英的作用更多地发挥在组织协作、科技突破、生态环境、创作文娱。这才是人类真正掌握自身命运的“文化话语”。

“公平”“正义”，一直是人类历史上所有人群共同的诉求。现代的科学与技术已经实现信息化与智能化的普及，使得国家机器与权利制度的习性可以不再全被人性私欲绑架，今天的智人之智到了足以超越私性与群性的矛盾的时候了。

未来社会绝不会是完全平等的，大自然不存在绝对的平等，未来社会也绝不会是完全自由的，大自然更不存在绝对的自由。事实上，自然所能赋予人类的生存资源是有限的，自由的代价是自我的纪律与诚信，平等的代价是自我能力的付出。科学的理性、透明而全面的知识加上众多人脑的脑力激荡，不难规划出更“人道”的文化习性。

下次地球灭绝事件到来之前，人类物种是在跟时间赛跑，今人也可以智慧到运用已经通悟的科学理性，建立合理的制度，以使后代可以熬过一定会发生的灾变。这不会仅仅是“科技”，这一定是“智慧”，因为必须是真正全人类的规划与执行，绝不会只是赚钱去的“全球化”话语。

人类社会的未来

科学让我们知道：大自然的生命演化是没有目的的，生存而已。科学、逻辑，数、理、化、生等本身，也只是存在于宇宙里的规律，也是没有目的的。有限的人类历史记录中，我们是不是误解了人类历史的演化轨迹及其教训？

全部人类历史里头，相对记录比较多的一部中华世界的历史，清晰地反映了人性的多面以及重复轮回的历史模式，值得全人类深思：科学理性发端之前，人类自我塑造了什么样的文化基因，使得国家与朝代不断战乱、轮回；而科学理性发端之后，又是什么样的文化基因，使得“文明人”之间的斗争上升到歇斯底里的层次。

现代人类通悟了理性、学会了科学、了解了自然演化，但拗于科学理性之前的“文明习性”，有意识地应用科学到技术发展，却只为了“文明习性”里的“利”“权”等竞争，而不是为了人群更适应大自然吗？

生命世界的规律，一直是自然演化出“精英”而存续于环境的。文明以来的人类社会，自然地演化出权利制度与权利精英阶层，强化了人类集群农耕生存与城市化，直到产生科学理性的通悟；科技大发展，夯实了资本经济，使得金权成为权力之首，扩大了私利和竞争的文化基因；这却使得战争不断发生，战争和毁灭甚至成为一种获利方式，军火工业本身也成为另类“权利精英”，操弄人群互斗。

不过，科学理性也开发了人类更实在的自省能力。

现代世界，文盲大量减少、知识大量普及，虽然旧文化习性依然朝向人为的权利制度倾斜，但人类对“精英”的定义与要求已经越来越清楚，就是能够引领人群真正迈向理性“进化”的、能够真实地面对大自然的人。

理性也使得人们发现：资本经济制度本身就不是一个可持续发展的经济制度，尤其是各式各样的“虚拟经济”“消费经济”，因为自然资源相对于大量增殖的人类是极其有限的，而利欲驱动的制度对资源的利用却不是“经济”的。现代地球人，很需要理性经济、生态经济。

一切文化，多样化，自然会有竞争。然而，竞争不是斗争，更应该是竞赛，竞赛谁先创建一个全球可持续发展的人类经济模式，这是人类历史没能给出答案、今人需要突破的课题。

理性地说，文明以来所记述的人类历史，所有前人的经验和智慧，更多地集成并聚焦在人群相互斗争、相互掠夺的“合理化”上了。对今人而言，回头看人类历史，许多是属于“反面教材”的。理性地看人类自身，面对一切公私利益的人性纠结，激励个人的创造力与维持社会的公义同样重要。生命演化需要真正的精英，创新突破才是精英的真正标志，不是任何人为的游戏规则的获利或权利世袭。演化出来的人性同时具备私性和群性，包括智慧的传承与积累，都离不开个人与人群的贡献，人为的“利益”当然存在并且已经存在，但那也应该实事求是：个人与群体应该共享。

人类社会的未来，只能从打造一个生态可持续发展、不以邻为壑、不以掠夺或斗争为目的，兼容私性与群性、科学理性、可以被人群复制的，模范经济区开始。

中国最近的飞速发展很惹人红眼白眼交加，能在改革开放的 40 年内，使得人民生活出现翻天覆地的变化，当然是创举与突破。但也到了华人精英必须反省的关头了，尤其是既得利益的权利精英阶层。中华文化的精髓就在于“自省”的功力，以及对“凡事皆有理”的信念和追求。

科学理性使得我们明白：教化定义了人之所以为“人”。

为了容易实施教化，一切文化都存在大量虚拟、美化的表达，以满足或塑造人性、人道。历史也可以虚拟得很浪漫，西欧在理想化“古希腊史”的同个时段，中国也产出“三国演义”，因为，那时的西方社会需要“自由、平等、法治”，而那时的东亚中国社会则需要“忠、孝、节、义”……这些文化基因的理性基础便是人群的感动、“价值观”、艺术、认同等需要。这也是人类可以彼此兼容的文化的多样性。

理性地说，人类要建立可持续发展的样板，要凭：

（1）科学的教化

理性要成为教育的首要内容，而不只是学科的知识。

必须认识到，大数量级的宇宙或地球不会因人类而改变，包括人群在内的生命现象仅仅是存在于地理位置的自然环境里的渺小的存在，由此学会感恩自然、尊重自然、敬畏自然、随自然共存的理性。

唯有发扬理性，人类才有可能透过教化的第二天性而超越基因本能的第一天性，形成人性的量子飞跃。祖先传下来的人性，经历了几次量子飞跃：用火、葬死、恤老、扶伤等，都需要超越生化基因的本能恐惧或自私，标志着迈向智人的演化。这些合群的文化在200万至30万年前已然演化到位，习以为性，成为“人”的文化本能。而通悟科学的理性是最大的量子飞跃，但还没有完全教化成为最强固的习性，当下中国还常犯西欧非理性的错误，比如，“征服自然”“人定胜天”的意想，把自然当成斗争的“假想敌”；比如，缺少地球人、地球村的自然话语，等等。

（2）合理的权利制度

人类作为一个生物物种，私性是无可消灭的本能，但并存的群性也是无可消灭的本能，人类社会的科学理性更可以帮助人群开发一个平衡的制度，以兼容多面的人性。

现代“法律”深文周纳到非“专业”莫办，“税法”也一样，所滋生的漏洞，不公平、不正义，罄竹难书。

因此，简约律法即可更平衡公私、服务社会，比如：

（a）法制简单明了。

原则与条例，简单明了为好。

吃公粮的编制须经核准，公职人员的私有资产必须透明、公开（就是“阳光法案”）。

（b）税制固定。

◆ 地产纳税，每年就其原购价格缴纳 1% 地产税；

◆ 营业税、交易税、印花税合并，按每笔交易缴纳 5%(中央统一分配给各级政府使用)；

◆ 个人所得纳税，另行规范累进税率；

◆ 资产生利所得，无论地产交易或资本操作或生产营运的利润，半数归公，亦即利得税 50%，取消“增值税”；

◆ 遗产税可以相当公道地固定，比如，必须平均分配给每个子女（合法收养的子女可以由遗嘱另行约定，但每人不得大于 1 份），1000 万元以内的遗产继承免税，超过此数的部分征收 90%，杜绝任何方式的变相世袭。

（c）信息与知识流通自由。

政府不管制信息，但保障隐私（公职者的资产阳光化除外）；

全民教育，鼓励模仿与学习，降低“专利权”期限为最多 10 年；

奖励义教、义学、义工。

（d）私有资产设限。

比如：

私人资产，以全国人均资产的百倍为限，超过的归公；

私有公司的资产，另行立法设限，超过的归公；

鼓励私有公司营利时每年按股分红；

鼓励私人或私有公司捐助慈善、研发、助学，计入成本。

（3）生态经济

（a）人性好逸恶劳、爱美爱潮，消费经济势不可免，但需以可再生的资源以及不污染地球的生产方式为度。

（b）有效控制人口增长是个全球课题。

理性地、现实地说，很难有效使第三世界或第二世界节制人口增长，除非大家一起现实地改善他们的生活水平并物质激励他们控制人口增长。而第一、第二世界的消费与获利形态，必须自省、自制到不以对第三世界进行剥削和掠夺为目的，以免“间接伤害”生态。

生态，是个需要激发全球人类的理性才可面对的共同命运。

文明的5000年以来一直到当下，人类当然出现过许多精英，确确实实给各地社会做出了贡献；没有这些默默地产出改善的人，今人不会活在当下的生活水平里。就以科学来说，18世纪从英国开端之后的100年内，太多西欧知识分子前仆后继，投奔怒海、不顾牺牲，远涉重洋去测量地表和天象，方才确证那时还很新的物理学，并收集各地生物标本，扎扎实实打下今天我们称为“科学”的东西。

随着科学与科技的发展，西欧在短短200年时光内把世界真的全球化了，“现代化”的新兴资本“权利精英”却操控着人类的命运。

当权利精英呼喊自由主义的时候，真正的意图只是他们行使权力的自由；当权利精英呼叫全球化的时候，真正的意图也只是他们到全球各地赚钱的全球化。

幸好，现代进入信息时代了，信息与知识的自由传播肯定能使“知权”不被任何权力阶层或集团垄断，或许知权终将解放人类。以现在人类自残的程度与速度，人类其实是站在峭壁边缘的。既然生而为“人”并且“知道”，我们尽力活得真实，避免虚拟，努力合乎自然之道，就是最优化、最酷的生活方式。

东亚的中华世界，几千年来，从长江流域的大米、黄河流域的小米种植开始，积累了南北各地的集群化与农耕文明，渐次融合出中华文化和王朝国家。对温带气候的适应，华人先民开发了精耕细作的生产方式，达到智人对土地利用的天然农耕的极致，但也繁衍了大量人口。随着各地人群农耕文明的扩散，2000 年前跟西域中亚的陆路交通带进来大小麦的种植，500 年前跟美洲的海路交通带进来玉米和甘薯的种植，这样的农耕景象，实际也是全球各地人群的农耕生存的缩影。只要交通的障碍被克服，人类对水土与气候的利用、对所驯化的动植物种的利用，东西方并无二致。

几千年来，隔绝在全球各地的人群聚居、城镇化的“文明”历程，都通通不约而同地发展了语言、家庭、部落、伦理、道德、城邦、宗教信仰、文字、国家、王朝、维系权与利的制度……大同小异的各种“文化”。这本身就已经是“人性”相同的最直接验证。而各种文化基因的历史积淀与传承也充分显示了演化多样性的绚丽。人类历史，就这样自然地谱写出来。

既然是人群的文化，当然是人为的、人造的。文化基因嘛，教化成为各地人群的习性、第二天性，所谓的风俗习惯，实际就是人之所以为人的模具，塑造了各地人群的基本思维、意识、认知、行为，甚至可以称得上“宿命”，因为人的现象也是大自然现象的一部分。

幸好是文化基因，人为的，当然也能改造，人类历史记述就波澜壮阔了。但是，直到科学的理性被西欧开发出来之前，人们并不真正理解人类历史或人类自己的演化与轮回。所以，今人可以相当真实地看待西方文化、中华文化以及任何现有的人群文化。

如今，理性地说，有几个因素促成全球各地人类历史的战乱与轮回：

（1）全球气候本身有个百年左右的反复震荡周期，厄尔尼诺现象使得太平洋两岸的旱与涝相当规律地变长，对农耕生存的人类社会而言，连续三年的旱或涝成为噩梦，经常造成社会崩解，气候的周期也就成为改朝换代的周期。

（2）繁衍是生物的本能，人口在好日子的时光就自然增殖，使得坏日子的时光更加难熬，以致引发迁徙和战争。

（3）在人类社会的权利制度下，“生之者寡、食之者众”成为人类各个社会的共同宿命，这人为的因素也加重了社会人群的不稳定，经常因为人谋不臧造成社会的崩解、轮回。

这样，地球其他不那么规律的天灾，比如地震等，叠加在气候周期上，王朝更替就势不可免。难怪中华世界的朝代，平均也就200年寿命。这还是早已习惯于公私层面存粮备荒、自给自足的东亚农耕模式，而习惯于交易与掠夺的西方世界，王朝的平均寿命就更短。

但由于科学和技术的发展，近代以来的人类社会，工商成为主流，过去农耕时代的人类历史模式不再，然而战争和毁灭却以无比的数量级从人类施加于人类本身与其他物种。

19世纪以来的西方“现代国家”模式，所谓的“民族国家”，实际是以国家机器之力强制、快速打造一个比传统中国更为大一统的现代“民族国家”。亦即，在每个“国家”地盘之内，都齐一成个“民族”的样子，但中华世界能有当今的繁荣，却至少花了5000年。现代国家，比从前人类历史上的任何国家机器都更孔武有力，不只因为科技使得热兵器取代了冷兵器，杀人如麻，并且也因为科技使得教化极其有效率，量产齐一的国民。

现代人类社会真正面对的是：

（1）气候和地块漂移等，非人力的数量级可以改变。所有生命现象只能适应地球大环境而自然演化出可以生存的生态。

（2）人口增长，仅只反映智人之智使得“人”站在了生物的顶峰，优势物种嘛，繁衍自然有所增长。近代的科学与技术更彰显了“智慧”的作用，人口加速暴增。而人类社会的权利制度（晚近200年的资本经济），却使得人们的习性失焦，聪明才智都用在了“获利”游戏上，从未真实地面对生态与人口问题。

（3）权利作为制度，是人类特有的现象，可以找出演化上的根源，并且制度本身也使得文明以来的人群加速成为优势物种。但人类历史上的前人并不知道生态问题，而且前人之智更集中于生存和繁衍，人口不增长反而是前人更关切的问题。今人的问题正好相反，地球人口过多、资源有限、权利制度下的科技开发又危害生态。

在科学理性更为发扬光大的今天，我们已然确知：人类无从改变地球。人类唯一可以操之在我的，只能聚焦在“人的因素”上：全面改善权利制度，有效控制人口增长，并教化出不浪费的习性。

如今，理性地看，迄今为止的人类社会权利制度是有缺陷的：

（1）权利制度反映的是前人开发的社会文化习性。

西方世界的农耕文明肇始于种植相对困难的地理和气候环境，农牧生产一直并行，集群化为小国寡民的众多城邦和部落；机动、交易、掠夺的生存方式，培养出侵略性与宗教信仰的文化习性。相应的权利制度更多保障私益，公益搭建在合理化的私益操弄上。西方文化话语，从不羞言私利，到了近代的资本经济，结果就是急功近利、笑贫不笑娼，但社会心理比较平衡，游戏规则就激励着个人冒险、英雄主义、愿赌服输。

而东方中华世界的农耕文明肇始于种植比较容易的地理和

气候环境，农业生产已经足够存活，很快就集群化为人口众多的单一国家；管治和秩序本身就是一种生存方式，培养出温和与崇拜自然的文化习性。相应的权利制度更多保障公益，私益隐藏在合理化的公益操弄上。东方文化话语，羞言私利、必遮之以公义，发展到近现代，也急功近利，社会心理出现矛盾，新旧习性两套游戏规则搅浑了现代华人的脑袋瓜，在中国明清以来的流行潮中表现无遗。

人类同源与同质的脑袋瓜，使得集群化的全球人群都各自演化出“权利制度”来管治社会，群性的趋同作用更使得“制度”文化基因沿袭数千年至今。人群社会当然需要规矩，人类群体几千年来的磨合，当然也磨出许多不错的规矩，比如审美、竞赛、奖惩等等。但无论好坏，事情都需要适度，尤其在科学发达的现代，智人之智具备足以毁灭自己物种的无比能力与能量，平衡、分寸、度，成为人类必须发挥智慧的地方。

（2）科学与科技发达之后，现代流行的是私利驱动的资本经济。

西欧从“文艺复兴”开始，花了近300年安装的资本经济制度，配套的文化基因算是磨合得差不多了，才有今天的“自由民主”等话语来合理化人性私欲。缺乏机动、交易、掠夺文化基因的东方中国，“现代化”迄今不过百年，也有些适应不良。

几百年来，资本经济制度施行的弊端已经呈现。资本经济解放私性，激励个人创造；弊端是为了私利而无所不用其极，依赖群性和人群社会才得存活的个人，竟然经常退化为活在当下的经济掠食动物。意图改善资本主义制度的社会主义制度，抑制私性，激励大公无私；但仍须顾及人类本能的私性，避免以权谋私成为潜规则。

过去200年乃至5000年的人类历史证明了一件事：

科学的理性使智人之智足以迅速反省社会的利弊得失，人类的智慧已达到意图平衡人性的两面了。社会主义之付诸激烈的革命手段，也还是因为：5000年的文明，权利制度的习性与意识教化出人人都欲求“权利”的游戏规则，使得暴力成为“变法”的唯一途径。

（3）人类很自然地演化出权利制度，但那是人类还没有学会科学理性之前的事，当然也就不会理性地反省人类社会本身的问题。人类集群为社会、国家，发展了各样文化，但权利这个文化习性反过来约束了人的意识和行为习性，所以，科学昌明的现代今人，实际是承袭了驾驭马车的习性（车上仅只搭载国家）来开太空船（搭载全球人类和动植物种）。

现代，科学、理性、技术、信息……通通都大致“天下为公”了，但是，“金权”这个“权利”依然当道，并且资本经济教化出来的人们为了“创造财富”，甚至不惜牺牲大自然的资源与生态。

并不是所有人造的虚拟“价值”都全无用处，人性使得“利”与“权”、国家与信仰等，都是人类文明肇始之时相当有用的东西，至少是维系了人群，不然不会互相隔绝的全人类都这么干。

我们只不过是说明：人类历史经验上的权利制度，拉拔人类这个物种发展了5000年文明，从文字开发到登陆月球，从冷兵器到核弹，从自然作息到生态破坏，俱往矣！现代人类到了必须检讨并改善人造的社会“制度”的时候了。

这样，中国或中华文化、伊斯兰文化、拉美文化、非洲文化等等，虽然是弱势的多样文化之一，却有许多强势的欧美资本经济文化不及的地方。既然人类已经具备科学理性的智慧，就不能偏执到要绑死在一棵树上，并且要发挥智慧，剪断束缚的绳子，使得人人皆可轻松自由地在林间漫步……

（1）中华文化的传统智慧里头，非常相信大自然自有道理使得事物那样发生，包括生死、宇宙、人道……儒家“凡事皆有理”的思维和意识充满着朴素的泛理性主义，使得中华文化显得相当现实，顺从并接受人世间的一切，把万事万物视为一个整合的有机体，“敌体”“我体”都在其中动态地相克相生，虽然中华文化并没有现代“演化”的认知，但意思却完全一样。比如，易经“变而通”的道理，实际就是生物变异而适应于环境的道理；比如，整体大于局部的总和，就有生态的意味。这里，道家朴素的大自然主义，跟非洲、美洲的前人对生态的认知一致，并且也跟现代科学对世界的认知一致。

（2）中华文化很早就体认自我和他人的大同小异，你中有我、我中有你，于是，要了解别人就可以从自省下功夫，于是，人与人的相处之道便是“己所不欲，勿施于人”“行有不得，反求诸己”，一切从自我的私性和理性出发，更容易做到之外，在寻找跟他人的趋同与共鸣之中，群性也赫然在焉。

（3）这些中华文化的智慧，产出了“以大事小”跟“以小事大”的辩证。

简单地说，大国应该让点利益给小国，而小国则应该跟大国学习文化，此为共存、平衡。大与小的概念，也可以置换为私与群的概念，那就会是利与义的整合与平衡。这个包容天下的全局观，是东西方理念上的最大差异，农耕为主的中华世界，华人习性是“走得了和尚走不了庙”，组织与规划的打算更为远视。而交易为主的西方世界，习惯于机动与掠夺，短期获利的思维使得组织与规划都近视。

（4）虽然可以“愚公移山”，但真正强调的不是“人定胜天”而是“天道酬勤”。中华文化看透了数量级上的不对称，以及生来就不自由不平等的人世，提倡“尽其在我”的人之道（包括小我之私与大我之群），或者标榜“滴水穿石”，或者标榜“众志成城”，以“我”能够自主的勤俭、坚忍来博取大自然的机遇。小到个人的劳动和学习，大到集群的工程建设，都是点点滴滴积累成功的机会，用现代话语说：其实就是在时间上和空间上，都用的积累法。

在信息时代的今天，一切人类的智慧都在信息可以传播到达的人脑里迅速感染，并且，人性一直相通，中华文化积淀出来的思维和意识，也多少出现于全球各个人群的文化里，反过来也一样，无非各有侧重罢了。如今，科学的理性是人类最接近大自然游戏规则的一把尺，正好可以测量所有人群的文化基因是不是真的有助于“人”继续在地球生存。

20世纪中叶，民族主义浪潮与社会主义浪潮席卷全球，毛泽东想要中国直接现代化为社会主义国家、“超英赶美”，加上中华文化对群性的侧重，激励那时候的华人精英们迅速自主开发了“两弹一星”，证明了科学与技术是人类共通的智慧，谁都学得会、做得到。就当时的中国状态，参与“两弹一星”项目的精英显然并没有什么权或利的刺激，所以，集体的意志一旦聚焦，就成为中华文化的长处。当然，西方话语就一定会指指点点中国这个跟他们大不相同的社会为“集权”“不自由”“不民主”。这些人群习性下的思维和动作并不奇怪也不重要，重要的是现代人应该可以理性地察觉彼此的不同，以及对方的长项。

所有各个人类文化的长项，可以集成为全人类的智慧，科学与技术是大一统的，真实性人人通用；而审美、艺术、音乐等就不是也不该大一统，但多样化需要包容性才得存在。

现代西方的“民主”，实际是权利集团的“共和”，一人一票只是满足平民百姓参与感的形式，资本主义制度下的政府依然由权利精英阶层组成，代表着权利集团的平衡。现在是信息时代了，即便资讯可以完全透明并普及全民，即便权利制度也完全做到没有世袭的阶层，但像管治、经济、教化、科学、技术、艺文等攸关人群社会生存的事，无一不需真正的专业精英才做得好。选出胜任的精英，激励他们来从事各种专业而又避免其忽悠或占过多私利，这才是人类“制度”与“文明”的要害。目前权利制度下的民主方式，一人一票的外行圈选内行，既无法防弊，也谈不上监督，做到极致，充其量不过是平庸政治甚至是利益操纵下搓丸子的平衡品。

案例有很多，比如欧美的地方建设，十年难得成一件事，利益集团玩弄“民意”，无论高铁或环保等的案例，高科技武功完全使不出力，无论议会或公投，民众连提案的宗旨都搞不明白，经常被利益集团忽悠得面目全非，甚至提案的名义跟内容相反，投票有什么用?

今天的中国并没“暴起”，她仍然是那个5000年来的中华世界，中华文化只不过多了些科学理性的基因。

中国人居然在欧美的游戏规则下，于2015年年底攒了3万亿美元的外汇，并拥有账面上黄金储备1700吨，对比于发行美元的美联储（这是个私人银行），目前黄金储备8100吨。

按照资本经济的游戏规则计算，无论金银铜本位，美元货币发行总量相对于黄金储备的杠杆作用约为44倍，亦即，每一块钱美元，真金白银之外的“信用”占到超过97%比重。如果美元不赖账，今天人民币的杠杆作用约为6.5倍，“信用”占比85%。而美元如果赖账，比如，美元崩盘成废纸，那么，支撑人民币的黄金储备也就最多1000吨（因为，账面上虽有1700吨，至少600吨是“存”在美国的，赖账了，也就取不回来了），这样，人民币的杠杆作用就会飙升为450倍。欧元、日元等，类似。很明显，今天的资本经济制度，游戏规则仍将不断变动，私利驱动的原则没变，但“经济”的目的已经不单是资源的利用和优化。金权成为人类社会的最大权力之后，今天的“经济”已经成为政治竞争的一种主要手段了。

然而，这里，你中有我、我中有你的相互高度依存，中国也不是特例；尽管1971年美元跟黄金脱钩时资本主义跟社会主义之间冷战正酣，尽管脱钩后美钞大印特印了16倍以上，而世界经济的全球化脚步未尝稍顿，全球人均生活水平也不断提升，因为虚拟的（人造的）货币制度（规则）被开发出来了，叫作“信用”。依赖信用额度的流转，人类社会放大了每个人的“购买力”，刺激了“消费经济”，人人都用“明天的钱”来“享受今天”，以便商家维持量产并盈利、积累虚拟的财富。全球人口爆炸，地球生态大破坏，因为，人脑运用智力去研究的“经济学”大半都用在了人为定义的虚拟财富游戏上而不是地球环境的真实边界条件上了。

表面上，是人的制度下的话语权和定价权在转动世界，实际上，则是以人脑的科技创造来支撑对地球的资源掠夺。全球人均消费已经持续增长了两个世纪以上，除了人口暴增，人类集群的城市越来越多、越来越大、越来越便利。现在，世上人口所消耗的资源，连大海也处于人类“竭泽而渔”的状况。

今日，智人之智应该反省：

（1）任何文化制度下的利益规则，一定会有赢家、输家，没有哪个可以通吃到底，思维不应停在“以其人之道，还治其人之身”，而应共立新的规则，超越输赢的概念。

（2）在科学的理性审思下，现有的人类权利制度必须改变“权”“利”本身无非是分配的占有与合理化，而现代人类大致已经不虞匮乏，过去的“权”“利”规则应该重新订定为非竞争性的、服务人群的、包容众生的教化。

当下西式的各种话语权、定价权等游戏规则，还会继续存在相当一段时间，直到演化出更合理、有效的规则。这是果，不是因，西方发扬光大科学理性所促成的科技力量，才是西方霸权的“因”。中国必须真正学会科学理性、自主开发科技，但中国不可以拿西方的资本经济制度来维持中华世界。西方的科学当然是诚信的，但欧美照样存在大量不诚信的厂商，资本经济的私利驱动，必然扭曲一部分人性，安装科学理性还不完全到位的中国就更可想而知了。

即便按照资本主义制度的游戏规则跟国际接轨，也必须坚持社会主义道路和理念，要更理性地、务实地根据自然的人性，更完善地勾画人类社会图像，转变人类权利制度习性为真正“为人民服务”的高效管理制度，以有别于人类历史上任何“权利制度”的管治制度。

人类历史明显指出了人类文明只有三大模式。

1万年之前是狩猎文明，标志是石器，人类至今依然热衷玉石。

然后是5000年前左右，在东亚、西亚、南亚、中美、西非，遍地开花的集群农耕文明，标志是金属，人类开始热衷金银铜铁。

然后就是300年前，在西欧开端科学与科技之后的工业文明，标志是机械，人类开始热衷器械，钟表、汽车、电子……

这些文明阶段的生产方式都得蓄积能力和能量到一个数量级，才会积累出一个截然不同的量子台阶。自然演化出来的人脑，是需要跟别人交流互动、相互脑力激荡的，集群化的加大，使得智人之智如同脱缰之马。然而，2600年前，在已经有文字记录的各地城邦，西亚的琐罗亚斯德、南亚的佛陀、东亚的老子与孔子，都分别感觉到了人群社会数量级的问题，指点了不断增大的人群的生存之道。即使在今天的社会，这些“觉者”的许多智慧依然适用，因为他们所处的那个时代，人群的数量级已经上亿，人脑之间的接口，复杂度已经不下于今天的电脑网络。

工业文明以来，西欧开发了科学的理性，激发了科技，这些成就却淹没在私利驱动的资本经济大浪里，人的私欲绑架了科技。西欧的金权甚至还绑架了宗教。连西方的作家、艺术家都怀疑是不是人类释放了科学这个恶魔，造成近代人间诸多浩劫，包括近年来不断发生的金融海啸。

我们搞错了历史的教训了。

科学理性，使得人类具备了通天的智慧，这是自然演化的极致。

人智开发了应用的科技，目的大多是赚“钱”，这是“人”的问题。人的问题来自文化习性，而文化习性来自“权”“利”制度的教化。

什么样的制度就有什么样的教化，就培养出什么样文化习性的“人”。

科学虽然是最上乘的功夫，但目前仍然不是“传统文化”的对手，不然欧美早已转向为生态经济了，正因为是利润挂帅的资本经济！

明明察觉到资本经济正在将人类驱赶到自我毁灭的死角，今人却麻木不仁，依然大玩特玩大富翁游戏、富国强兵游戏、权利游戏，且乐此不疲……现代，也是人道最哀伤的时代。

这里，中华文化当仁不让，中国当仁不让。

在强势的资本经济下，幸存的人类文化基因虽然不少，而千锤百炼历经数千年仍留存至今的中华文化的智慧，可以是人类未来社会的主要参考。

现在，松绑、开放了40年之后，经济流转业已全球化，应该有足够自信来彻底治疗一些缺陷基因了。因为，要转变旧有的文化基因，需要的是全人类大脑的激荡与革命，中华文化需要世界的介入，世界也需要中华文化的介入，彼此彼此。

《西欧的经验与教训》一章谈到人类当下与未来的诸多问题，每个问题都可以有中国特色的解法：打破过去中国经验与西欧经验的权利思维，打造服务人的社会、扩散到服务“一带一路”人群与所有第三世界人群，并把知识与技术大量扩散为人类共享，以行动改变人类的权利制度习性。

中华自有制度，不必完全套用邻家的游戏规则，立意不同的文化习性，关键在于“不争”“包容”“共享”“节制”的实现。

五分之一人类的社群管治经验，无论如何都会是人性的重要参考，更何况在科技时代的今天，利润挂帅的资本金权的缺陷已经变成人性的黑洞。